KB211811

1인분의 여행

1인분의 여행

초판 1쇄 발행 2013년 12월 31일
초판 2쇄 발행 2014년 9월 30일

지은이 구희선

펴낸이, 편집인 윤동희

편집 김민채 황유정
기획위원 홍성범
디자인 구희선
마케팅 방미연 최향모 유재경
온라인 마케팅 김희숙 김상만 한수진 이천희
제작 강신은 김동욱 임현식
제작처 영신사(인쇄), 경일(제본)

펴낸곳 (주)북노마드
출판등록 2011년 12월 28일 제 406-2011-000152호

주소 413-120 경기도 파주시 회동길 216
문의 031-955-1935(마케팅)
031-955-2675(편집)
031-955-8855(팩스)
전자우편 booknomadbooks@gmail.com
트위터 @booknomadbooks
페이스북 /booknomad

ISBN 978-89-97835-41-6 03810

북노마드는 (주)문학동네의 계열사입니다.

이 책의 국립중앙도서관 출판시도서목록(CIP)은
e-CIP 홈페이지(www.nl.go.kr)에서 이용하실 수 있습니다.
(CIP 제어번호: CIP2013027472)

1인분의 여행

구희선 지음

북노마드

PROLOGUE

아주 어렸을 때부터 언니는 글을 쓰는 일을 할 것이고, 나는 무언가를 만드는 일을 할 것이라고 생각했다. 그렇게 미래에 대한 별 의심 없이 언니는 고전을 탐독해 나갔고, 나는 그 옆에서 휴지를 조물딱거렸다. 휴지는 처음에 무엇이 되려 했는지 알 수 없는, 그저 애매한 반죽이 되곤 했지만, 딸아이가 엄청나게 창의적인 아이일 거라는 기대감으로 가득 찬 엄마의 눈빛에 보답하려고 아무거나 만들어버린 적도 많았다. 하얀 토끼라든가 하얀 지구 같은 것들. 당시 나는 언니만큼 책을 많이 읽고 똑똑한 사람은 세상에 없을 거라고 생각했다. 언니가 읽는 책을 펼치면 암호 같은 문장들이 삐딱하게 팔짱을 낀 채 권위적인 태도로 말했다.

"너가 이걸 이해하려면 지금보다 몇 배는 똑똑해져야 할 거다."

삶이 곧 독서였던 아빠는 어려운 책들을 척척 읽어내는 언니를 자랑스러워 했고, 친척들을 만나면 입버릇처럼 말하곤 했다.

"혜미는 독서량이 엄청나. 필독서는 이미 섭렵했고, 맨날 책을 붙들고 산다니까. 희선이는 만화책을 붙들고 살지, 뭐. 하하."

아빠의 입버릇은 내게 상처가 아닌 쑥스러움을 주었다. 언니가 읽는 교양 있고 멋진 책을 집어드는 것에 대한 쑥스러움. 언니만큼 내가 그 책을 이해할 수 있을까? 없겠지. 그래서 책을 펼칠 때마다 왠지 언니를 따라하는 것 같아 얼굴이 화끈거렸다.

언어 영역에서 제법 괜찮은 점수를 받아 들고 올 때에도, 대학에 들어가 가슴이 알싸해지는 시집을 품고 다녔을 때에도, 대학을 졸업하고 책을 만드는 일을 했을 때에도, 나는 책에 대해, 활자에 대해, 언니만큼의 깊이는 없는 인간이라고 스스로 생각했다. 나는 늘 언니의 '깊이'에 대해 막연한 경외심을 갖고 있었다. 언니가 쓰는 문장이 좋아서도, 추천해주는 책이 마음 한편을 세차게 흔들어서도 아니었다. 그것은 내가 언니를 대하는 전통 같은 것이었다. 나보다 훨씬 똑똑한 언니. 이 타이틀은 부담스러운 친척들의 모임에서, 부모님의 자식 자랑 시간에서 나를 보호해주는 방패막이가 되었고, 때론 그냥 멍청하게 살고 싶다는 생각에 대한 면죄부가 되었다. 자식 둘을 낳았는데 한 명이 저리 똑똑하면 꽤 괜찮은 승률이잖아. 오십 대 오십.

그러다 문득 이야기가 쓰고 싶어졌다. 그렇고 그런 수많은 이야기들이 제멋대로 널브러져 있는 세상인데 어느 한 구석탱이 정도는 써도 되지 않을까. 그런 마음으로 여행기를 썼다. 쑥스러움을 무릅쓰고서.

VIETNAM

HO CHI MINH CITY

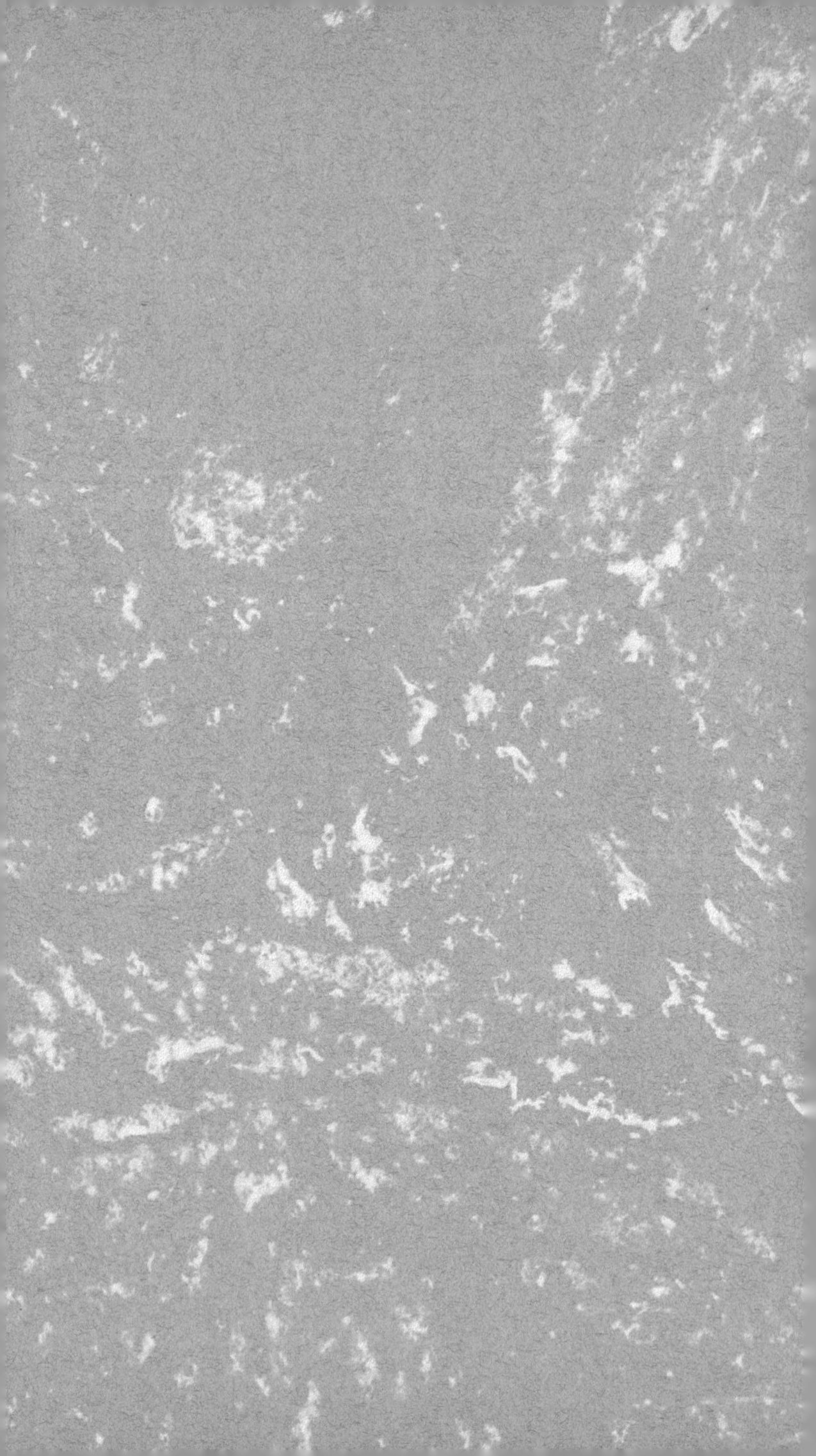

"혼자 가면 재미없지 않아?"

친구들은 이렇게 물었고, 나는 이렇게 대답했다.

"아니야. 혼자 가도 재밌어."

하지만 정확히는 이런 대답이 옳았으리라.

"응. 하지만 더 심심해져야 해."

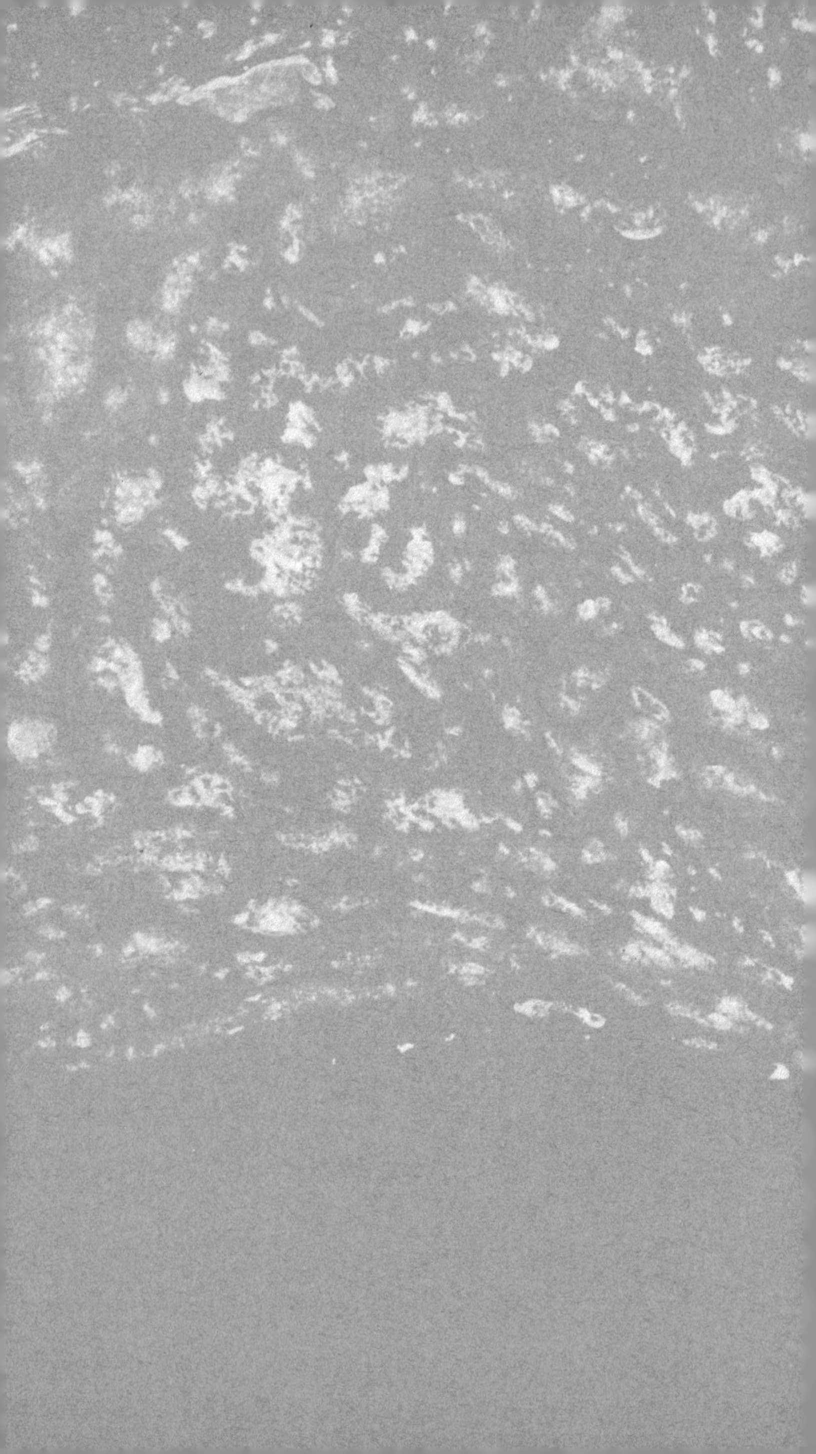

첫날의 상태

이코노미 클래스에서 마시는 값싼 위스키는 나름의 분위기가 있다. 사실 더 비싼 좌석은 이용한 적이 없어서 그곳에서는 어떤 맛있는 술이 나오는지 모르지만, 이코노미 클래스에서는 최소한의 구색만을 갖춘 위스키가 나온다. "정말 그냥 위스키군" 정도의 감상평밖에 나오지 않는 맛이지만 가난한 배낭 여행자에게는 그 투박함이 오히려 운치가 있달까.

"죄송합니다만, 저희 항공사에서는 주류를 서비스하지 않습니다."

벙 뜬 표정으로 승무원을 쳐다보고 있으니 제주항공의 이름에 걸맞는 감귤 주스를 따라주신다. 여행 첫날이라지만 공항에 도착해서도 전혀 들뜨지 않았다. 위스키로 기분을 내보려 했지만 그것도 뜻대로 되지 않고, 심지어 기내식으로 나온 삼각김밥은 서울을 대표해서 나를 비웃는 듯했다. 결국 주체할 수 없는 떨림으로 시작하는 상쾌한 첫날을 포기했다. 노력한다고 떨림의 감정이 생길 리 없으니.

심드렁하게 감귤 주스를 마신다. 자다 깬다. 책을 펼치고 다시 덮는다. 좁은 좌석에서 꼼지락댄다. 그리고 마침내 착륙을 알리는 방송이 나왔다. 심드렁하던 가슴이 살짝 떨려온다.

◆

카우치서퍼(Couch Surfer)

자신에게 남는 시간이나 공간을 여행자에게 무상으로 제공해주는 여행자 커뮤니티, 카우치서핑(couchsurfing.org)의 멤버를 부르는 말. 2008년, 3개월간 유럽 여행을 계획했을 때 숙박비를 줄이려고 시도해 봤다가 이제는 매번 여행을 갈 때마다 애용한다. 가장 큰 장점은 역시 숙박비가 굳는다는 점이지만, 공짜 숙박만을 목적으로 카우치서핑을 하는 사람을 반기지는 않는다. 그들은 가이드나 호스텔 주인이 아니라 그냥 그곳에 사는 사람이다. 기본적으로 여행을 좋아하고, 여행자에게 어느 정도의 편의를 제공하려는 선의에서 자신의 공간을 내어준다. 반대로 자신이 여행을 떠났을 때는 다른 카우치서퍼의 도움을 받는다. 프로필 상에는 그들을 만나봤던 사람이 평가를 남기는 레퍼런스(Reference)란이 있는데, 이것이 생판 모르는 사람의 집에서 묵는다는 위험한 발상의 유일한 안전장치다. 레퍼런스는 세 단계 – Positive(이 사람은 꽤 좋은 사람이에요), Neutral(그럭저럭 나쁜 사람은 아니더이다), Negative(나쁜 놈/년!) – 로 나뉘고, 만났던 경험도 비교적 상세하게 적혀 있다. 포지티브한 레퍼런스가 많은 사람에게 카우치 리퀘스트를 하는 것이 안전하고, 메시지를 보낼 때에는 최소한 받는 이의 이름을 적는 것이 좋다. 자신의 이름이 메시지에 적혀 있지 않으면 답변을 하지 않는 카우치서퍼가 많다. 프로필에는 해당 사람의 관심사, 직업, 취미, 자신이 제공해줄 수 있는 시간, 공간에 대한 설명 등 여러 가지 정보가 있다.

두터운 코듀로이 바지에 민소매 상의, 플립플롭에 두툼한 패딩 점퍼. 겨울옷 반, 여름옷 반을 섞어 입은 여행자들이 엉거주춤 공항을 빠져나온다. 자정이 넘은 시간이지만 오늘의 마지막 입국자들을 실어 나르려는 기사들이 진을 치고 있다. 역광을 받아 까매진 그들의 얼굴 위로 눈알만이 희번덕 돌아간다. 누구 하나 뒤에 걸치고 시내로 가야 하는데…… 비슷한 생각을 하고 있어서인지 모두 비슷해 보인다. 그냥 역광 때문일 수도 있지만. 따끈하게 데워진 바람이 목구멍 안으로 쑤욱 넘어온다.

아, 더운 나라에 왔구나.

"Hey."

멍하니 공항 앞에 서 있는데 곱상하게 생긴 청년이 말똥말똥한 눈으로 말을 건다. 호치민에서 나를 호스트 해주기로 한 카우치서퍼◆ JP(Jean Phillippe)다.

'활기와 에너지가 넘치는, 새로운 변화의 물결을 만들기 위해 24시간 가동되고 있는, 역동적인 에너지로 가득한.' 가이드북에는 온갖 생기 넘치는 단어들이 호치민을 수식하고 있었지만, JP의 집이 있는 District 10으로 향하는 길은 사뭇 분위기가 달랐다. 활기와 에너지는 낮 동안 넘칠대로 넘쳐 더이상 남아 있지 않은 모양이다. 생글생글 웃음을 날리던 안내 데스크 직원의 퇴근 직전 표정을 목격해버린 듯 약간 난처한 기분이 든다. 오토바이 엔진 소리가 적적한 거리를 채운다. 엔진 소리가 잦아들면 아직 거리에 남아 있는 몇몇 사람들의 행적이 귓속으로 파고든다. 빈 페트병을 괜히 뻥 차면서 씩 웃어 보이는 남자, 뭐가 그리 재밌는 건지 까르르 웃어대는 여자, 연애를 하면 걷는 것도 재밌다지. 재밌었나? JP의 오토바이 뒷좌석에 걸쳐진 채 터덜터덜 내달리다가 문득 특유의 맛이 나는 맥주가 아닌 그냥 맥주가 마시고 싶어졌다. 음미하지 않고 꿀꺽 들이키는 '그냥 맥주'.

> 나는 이미 충분하도록 많은 맥주를 마시지 않았던가.
> 물론 서른이 되든 마흔이 되든 맥주는 얼마든지
> 마실 수 있다. 그러나, 하고 그는 생각한다.
> 여기서 마시는 맥주는 별개라고.
>
> - 무라카미 하루키, 『1973년의 핀볼』

배낭을 내려놓자마자 캔맥주 파는 곳을 물어 보니 그는 냉장고를 가리킨다. 이십대 남자가 사는 집에 밥은 없어도 맥주는 있는 법. 채소칸을 가득 채운 맥주 말고도 이 집에 보통의 이십대 남자가 살고 있음을 말해주는 단서는 곳곳에 흩뿌려져 있었다. 접이식 소파베드, 더러워져도 티가 안 날 암갈색 담요, 벽에 비스듬히 기댄 기타, 속 빈 생수통…… 어떠한 취향이나 감각도 묻어 있지 않은 평범한 생활의 공간. 그때 스카이프 메시지 알림음이 눅눅한 집 안 공기를 가른다. 딩 - 딩! 익숙한 소리에 안도감이 든다.

맥주 한 캔씩을 앞에 두고 그와 이런저런 이야기를 했다. 고등학교를 마친 후 여행을 하다가 베트남에 매료되어 이곳에 눌러앉은 그는 프랑스어와 베트남 전통 무예를 가르치는 일을 한다고 했다. 조곤조곤 얘기를 이어가다가 이따금씩 뱉어놓은 말을 소화시키듯 잔잔히 미소를 짓는 그의 방식이 꽤 멋있다고 생각했다. 처음 만난 사람들과 대화를 나눌 때면 의도치 않게 수다쟁이가 되곤 하니까. 그렇게 쉴 새 없이 떠들다가 집으로 돌아올 때면 왠지 참담한 기분이 들었다. 그러다가도 곧, 뭐라도 얘기하는 게 나았다고 스스로를 위로했다. 침묵은 그만큼 무서운 것이다. 간혹 별말 없이 세상에 무심한 듯, 침묵으로 상대방을 관조하는 사람도 있지만 그들과 마주하는 순간은 대부분 숨막히게 어색하지 않은가. 입 밖으로 나오자마자 허망하게 흩어져 버릴 의미 없는 수다와 상대방의 숨소리가 들릴 정도의 침묵, 둘 중 뭐가 더 나을까. 그런데 이 남자가 만드는 침묵은 다른 어떤 요란한 환대의 말보다 다정하고 편안하다. 마땅히 있어야 할 자리에 정갈하게 놓인 화초처럼. 저런 건 어디서 배웠을까.

이런저런 이야기를 하며, 침묵하며, 맥주 세 캔을 비우니 새벽 세시, 술기운에 눈이 감긴다. 바깥은 새해 운을 점치는 의미라고는 하지만 이미 도박으로 번진 듯한 야바위 놀이가 끝날 줄 모르고, 무더운 밤은 계속된다.

아침, JP의 집

1인분의 여행

이십대 이후에 떠났던 여행은 거의가 1인분이었다. 친구들은 '네가 외로움을 덜 타서 혼자 잘 다니나 보다'라고 했지만 나는 알고 있었다. 내가 보통 사람들과 거의 동일한 무게의 외로움을 갖고 있음을. 하지만 혼자 쏘다니기를 고집스러울 정도로 좋아하는 것도 사실이었다. 명절에 시골 집을 내려 갈 때에도 나는 홀로 버스에 오를 수 있기를 바랐다. 이런 바람은 아주 작은 뉘앙스의 차이만으로 아주 좋지 않게 – 넌 가족애가 없니?식의 – 받아들여질 수 있기 때문에 말로 꺼낸 적은 없었다. 그저 많은 우연들이 겹치고 겹쳐 언니와 나와 부모님의 스케줄이 조금씩 틀어지기를 속으로 조심스럽게 기대할 뿐이었다.

생각해보면 겁이 많은 것인가도 싶다. 어느 시점, 당장에라도 관계라는 것은 아주 쉽게 삐끗하여 어그러져버릴 것이라고. 사춘기의 말랑거리던 감성이야 이제는 언제 끼워두었는지 기억조차 나지 않는 어느 책 속의 말라빠진 들꽃처럼, 내가 아닌 누군가의 과거로 치부할 수 있지만, 이 관계 공포증은 사춘기가 훌쩍 지난 지금에도 잘 극복되지 않는다. 그렇게 항상 사람들 속에서 관계가 흐트러질 조짐을 몰래 살피던 나는 아무도 모르게 나가 떨어지고 다시 매달리기를 반복하고 있었다.

"혼자 가면 재미없지 않아?"

친구들은 이렇게 물었고, 나는 이렇게 대답했다.

"아니야. 혼자 가도 재밌어."

하지만 정확히는 이런 대답이 옳았으리라.

"응. 하지만 더 심심해져야 해."

그들이 말하는 '재미'가 정확히 무엇인지 알지 못했지만, 그 '재미'에는 치러야 할 값이 있고, 그 값이 나를 또 나가 떨어지게 하고 다시 매달리게 하리라는 것은 알고 있었다. 완전히 혼자가 되지 않는 이상, 이 피로한 행보가 계속되리라는 것도. 완전히 혼자가 되기 위해 노력할 만큼 용기가 있지도, 완전히 혼자가 될 수 있다고 믿을 만큼 어리지도 않았던 나는 1인분의 여행을 떠났다. 온갖 재미로부터 떨어져 마음껏 심심해져야 할 때.

날씨 이야기, 사람들

스페인 그라나다(Granada)를 여행하며 몸으로 체득한 사실은 날씨가 사람에게 미치는 영향이 생각보다 엄청나다는 점이었다. 7월, 이곳을 방문한다면 낮에 거리에 한번 나가보라 권하고 싶다. 살을 뚫어버릴 듯 내리쬐는 태양 아래 몸을 던지는 순간, 타죽는 뱀파이어가 이런 기분이겠거니 싶을 것이다. 타죽고 싶지 않은 스페인 사람들은 모두 건물 안에서 조용히 밤을 기다린다. 이런 사정으로 낮의 거리는 마치 버려진 영화 세트장 같다. 사람들은 해가 다 떨어지고 나서야 밖으로 나오고, 밤에 뭘 하겠나. 파티 말고는 딱히 할 게 없다. 그라나다에서 상상을 초월하는 더위보다 나를 더 놀라게 한 것은 월요일부터 일요일까지 파티가 열린다는 것이었다. 놀기로는 둘째라면 서러워하는 스페인 사람들의 국민성도 날씨 영향을 받지 않았다고 할 수 없다. 이런 날씨라면 파티 고수가 될 수밖에. 아무튼 흔히 말하는 더운 나라에 사는 사람들이 추운 나라에 사는 사람들보다 게으르다는 말은 그 게으름을 선천적인 특성으로 매도하는 것 같아 억울한 감이 있다. 날씨 탓이다. 다 날씨 탓!

그라나다에 살을 뚫어버릴 듯한 태양이 있다면 베트남에는 그 태양 옆에 거대한 스팀기가 딸려 있다. 날씨가 이러한데 평소에 오후 1~2시쯤 일어난다는 JP를 누가 게으르다고 비난할 수 있을까. 오후까진 아니더라도 더운 나라에 왔으니 느지막히 일어나 느긋하게 하루를 시작하려 했건만 눈을 뜨니 아침 일곱 시 반, 다시 잠은 오지 않는다.

"당신 삶의 철학이 무엇이오?"

이 엄청난 질문에 누군가는 이렇게 답했다.

"A good day begins with a good coffee."

나야 삶의 철학까지는 아니고 다분히 주술적인 의미 – 좋은 커피를 마시면 오늘 하루가 술술 풀릴 거라는 – 로 무작정 밖을 나선다. JP는 세상 모르게 자고 있다.

한쪽이 푹 꺼진 오래된 가죽 소파,
덜덜거리며 돌아가는 구식 선풍기,
붉은 색의 볼드한 서체가 프린트 된 거대한 유리 재떨이,
오랜 시간 동안 무언가를 올려놓았는지 그 흔적만 남긴 채
색이 바랜 플라스틱 상,
대충 던져진 듯한 화분에서 자라나는데도
도화살 타고난 여자같이 요염한 꽃들……

머릿속으로 상상했던 동남아 어느 골목길의 풍경이 너무나 천연덕스럽게 펼쳐지니 문득 동남아풍으로 꾸며 놓은 서울의 몇몇 술집이 떠올랐다. 좋은 감각을 가진 주인장조차 이런 천진하고 자연스러운 동남아 이미지를 옮겨오는 데는 실패한 성싶다.
하긴, 자연스러움을 옮겨온다는 게 가능하긴 한 걸까.

PHO 24

날씨 이야기, 맛

조금 걸어 나오니 아담한 노천 카페 하나가 눈에 들어온다. 날씨 탓을 또 한번 하자면, 베트남에서 마시는 음료는 그게 뭐든 아주 달다. 블랙 커피? 달다. 아이스 카페라떼를 뜻하는 '카페 쓰어 다(Ca phe sua da)'는 보통의 카라멜 마끼야또 빰을 세 번쯤 후려칠 정도로 달다. 어디 그뿐인가. 사탕수수로 만든 '늑 미아(Nuoc mia)'는 도처에 깔려 있고, 본래 쓴 맛을 음미하며 마시는 녹차까지 '스위트 그린티'로 만들어버리니 말 다했다. 이 달달한 베트남에서 제아무리 노 설탕, 노 프림 아메리카노를 외친다 한들 누가 들어주기나 할까. 물론 베트남에도 스타벅스 같은 다국적 기업이 들어서고 있고 그 인기가 하늘을 찌른다지만, 베트남까지 와서 스타벅스에 앉아 있는 것은 아무래도 너무 바보같다. 걱정이 앞선다. 단 거 싫은데…… 계속 맥주만 마실 수도 없고. 하지만 앞선 걱정이 무색하게도 달달한 음료는 목구멍으로 잘만 넘어간다. 당 땡기는 날씨라고나 할까. 푹푹 찌는 더위 앞에서는 취향도 장사 없다. 그러면서도 순전히 입에 밴 습관 때문에 진하고 쓴 아메리카노 생각을 떨치지 못했는데 내 바람이 워낙 간절했는지 마지막 행선지에 가서야 쓴 커피를 마실 수 있었다. 그런데 사람 혀라는 게 참 간사하다. 정작 아메리카노를 마실 때에는 설탕 그까이꺼 팍팍 부어넣은 '카페 쓰어 다'가 마시고 싶었으니.

카페 주인 아저씨는 자꾸만 콩씨를 까주신다.
말이 안 통하니 콩씨가 유일한 소통 도구가 된다.
나는 자네에게 적대감이 없다네, 정도의 의사 소통.
사실 그것 말고 뭐가 더 필요할까.
나도 콩씨를 까드린다.
저도 아저씨한테 적대감이 없답니다.
어떤 말도 하지 않아도 되는 밝고 고요한 아침.
커피를 절반 정도 비우고 나니 차를 따라주신다.
콩씨에 이은 환대의 증거, 차가 졸졸 잔에 따라진다.

흠…… 역시나 길을 잃어버린 건가? 집을 나설 때 형형색색의 건물들을 보며 까딱 잘못하면 길을 잃겠구나 싶었는데 이런 예상은 항상 적중한다. 동네에 잠깐 커피 마시러 나가는데 지도는 너무 거추장스럽고 몇몇 특이한 건물을 이정표 삼아 돌아오면 되겠지 했는데, 되긴 뭐가 된단 말인가. 모노톤의 점잖고 재미없는 건물로 채워진 도시에서 살다 온 사람 눈에는 이곳 건물들이 싹 다 이정표스럽다. 20분째 같은 동네를 빙빙 돌고 있다. 덥다. 짜증난다. 한 주물판에 넣고 무한 반복 찍어낸 듯한 홍콩의 거대 아파트 단지에서는 한번도 헤매지 않고 카우치서퍼의 집을 찾았건만. 홍콩에서 다져진 길찾기에 대한 자신감이 호치민의 어느 동네에서 맥없이 무너진다. 그때 노천 카페에 앉아 있던 아저씨 무리가 손짓을 하더니 옆을 가르킨다. 말도 안 돼! JP의 집이 바로 옆에 있다. 아저씨의 손짓 하나에 집이 뿅, 하고 나타난 것처럼 보였지만 그냥 그의 집 앞 노천 카페에 앉아 있던 아저씨일 뿐. 집을 나서면서 너무 두리번거리길래 길을 잃을 줄 알았다며 폭소를 터뜨리신다. 민망하다.

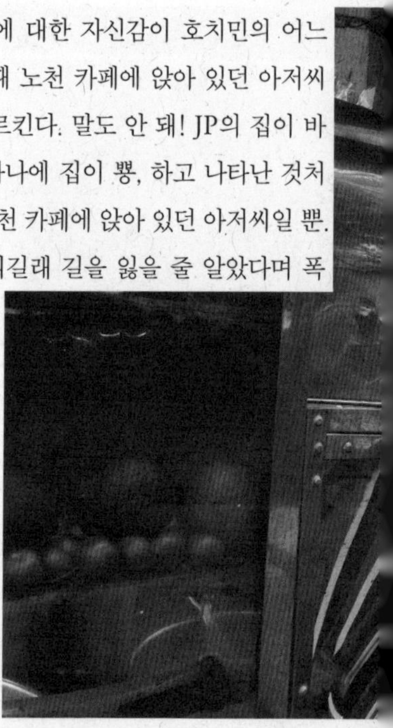

늑 미아(Nuco mia)를 만드는 아저씨 손에 들린 사탕수수

다까오 할래?

느즈막히 일어난 JP가 반쫑[♦]과 볶음밥을 데운다. 커피도 한 잔 내린다. 짜고 고슬한 밥알은 굉장히 사실적인 맛이 난다. 커튼을 젖히자마자 바싹 마른 햇빛이 집 안 구석까지 침투한다. 쏟아지는 햇빛을 보며 나는 굉장히 사실적인 생각을 한다. 곰팡이 생길 걱정은 없겠구나. 가이드북을 펼친다. 통일궁, 전쟁박물관, 구찌 터널…… 가볼 만한 곳은 많지만 딱히 가고픈 곳은 없다. 오늘 기분에는 왠지 사실적인 곳을 가고 싶다. 이것을 배워라! 이것을 느껴라! 하는 식의 의도로 가득한 관광지 말고. 어디 가고 싶은 곳 있어? 딱히…… 그러자 그가 말했다.

"다까오(Đá cau) 할래?"

가만히 있어도 땀이 삐질 미끄러지는 시내 한복판에서 이리저리 뛰고 있으니 다까오가 뭔지도 모르는 주제에 일단 끄덕거린 나의 섣부른 고개를 팍 꺾어버리고 싶다. 관광지 투어를 포기했으니 길거리 카페에 앉아 커피나 마시며 지나가는 사람 구경이나 하겠거니 했는데, 아무래도 이 청년의 젊은 피를 너무 우습게 봤나보다. 룰은 이러하다. 셔틀콕같이 생긴 공을 발로 차서 주고 받을 것. 약간 허망한 느낌이 들 정도로 단순한 놀이지만

♦

반쫑(Bánh Chưng)

녹두 반죽 안에 삶은 돼지 고기를 넣은 후, 찹쌀과 함께 바나나 잎 안에 넣어 쪄 먹는 베트남 설음식. 별다른 향채가 들어가지 않고, 식감이 떡 같아서 한국 사람들에게는 익숙한 맛이다.

베트남 사람들은 여기저기서 열심히 킥을 날린다. 아침마다 중국인들이 모여서 태극권 같은 체조를 하는 것과 비슷한 느낌이다. 물론 중국인의 아침 체조는 중국 무술 영화와 겹쳐져 좀더 기괴해 보이긴 하다만. 아무튼 별다른 계획도 없고 공 차는 것이 뭐 그리 힘들겠나 하는 마음에 시작했는데 계속 헛발질만 날리는 내 발에 욕이 나올 지경이다. 느릿하게 포물선을 그리는 셔틀콕을 왜 못 차느냐며, 조금 더 느리게 가줄까? 하고서 얄밉게 또 빗나간다.

둘이서 시작했던 다까오는 점점 불어났다. 전날의 숙취를 한가득 안고 호스텔로 향하던 벨기에 남자와 베트남 남자 두 명 그리고 베트남 꼬마 한 명. 베트남 사람들은 어린애고 어른이고 다들 다까오 특수 훈련이라도 받는 건지 돌려차고 뒤로 차고 묘기를 부려댄다. JP는 그나마 그들과 견줄 정도로 제법 잘 차는데 벨기에 숙취남과 나는 신기할 정도로 실력이 늘지 않는다.

모두들 땀범벅이다. 물을 마시려는데 JP가 맥주를 공수해온다. 물 따위 얼른 내팽개치고 맥주를 벌컥 들이킨다. 뜨겁게 데워진 몸을 차디찬 맥주가 쭉 쪼개 놓는다. 아! 맥주란 게 이런 거였지. 벤치에 널브러져 바람과 맥주로 몸을 어느 정도 식히고 나니 참을 수 없는 허기가 몰려온다.

"나 배고파."

"국수 먹을래?"

2000~3000원 선에서 맛볼 수 있는 길거리 쌀국수. 가격도 맛도 훌륭하다.

아저씨, 노래가 슬퍼요

"다리 밑으로 가면 강가 바로 옆에 바가 있어. 갈래?"
묻긴 뭘 묻니. 강가 옆에서 술 마시는 한량짓을 누가 마다할까. JP와 그의 여자친구 퀴엔(Quyên)과 함께 밤바람을 가르며 투티엠 다리(Thủ Thiêm Bridge)에 도착했다. 다리 위에는 기이한 광경이 펼쳐지고 있다. 다리를 따라 일정한 간격으로 주차된 오토바이 그리고 그 간격에 정확히 맞춰 서서 데이트를 즐기는 커플들. 누군가 자리를 지정해준 건가 싶을 정도로 질서정연한 데이트 현장을 보고 있자니 갑자기 카리스마 넘치는 목소리로 외치고 싶다. "넥스트!" 그럼 다리 맨 앞에서 차례를 기다리던 한 커플이 뽕, 하고 튀어 오르고 다들 구호에 맞춰 한 칸씩 옮겨가 다시 태연하게 데이트를 즐길 것만 같다. 다리 끝에서 밀려난 커플은 어떤 불만도 없이 참 좋은 시간이었지, 할 것이다.

다리 밑으로 내려가 주차를 하려는데 접이식 테이블에 막 술상을 벌이려는 베트남 가족이 말을 건다.
"저쪽 바는 아직 문 안 열었는데 같이 마실래요?"
얼떨결에 고개를 끄덕이자 그들은 재빨리 의자 세 개를 끌어다 붙이더니 앉으라는 손짓을 한다. 테이블에는 반쫑과 마른 안주거리, 맥주 그리고 집에서 담갔다는 술이 페트병 안에 물처럼 투명하게 담겨 있다. 음식이 빌라치면 베트남 가족은 돌아가면서 한 젓가락, 음식을 살포시 내 그릇에 올리고서 표정을 살핀다.

그럼 나는 딱 하나 아는 베트남어를 한다.
"깜 언(Cám ơn)."
땡큐처럼 누구나 처음 배우는 베트남어지만 그들은 신이 나서 박수를 친다. 그리고 음식은 또 한 젓가락, 그릇 위로 옮겨진다. 뽐내기에는 좀 구차한 종목에서 상을 받은 듯 머쓱해진다. 그러다 문득 아득한 예전, 이런 장면이 있지 않았나 싶다. 생선을 발라 흰 쌀밥 위에 올려주던 엄마. 세상에 처음 말을 내뱉던 순간, 환호하던 부모님. 그러다가 다시 생각을 고쳐 먹는다. 초등학교 때 일도 기억 못하는데 저런 걸 기억할 리 없지. 수많은 영화에서 이런 장면들은 조금씩 다른 색감으로, 조금씩 다른 무게로 쉼 없이 만들어지곤 하니까 아마 그중 하나를 도용하는 걸지도.

취기에 달뜬 얼굴로 베트남 아저씨가 노래 한가락을 나근하게 뽑아낸다. 길게 늘여뜨린 음꼬리는 바람에 핑~ 하고 튕겨진다. 핑~, 핑~. 트로트 같네, 하다가 곧 다시 트로트랑은 다르네, 한다. 트로트에 일정한 수준의 드라마나 낯뜨거움 – 사랑을 느끼면서 다가선 나를 향해 웃음을 던지면서 술잔까지 찬찬찬 부딪혔는데 마음도 사랑도 줄 수 없다고 말하는 반전 드라마나, 내 사랑은 특급 사랑이라고 외치는 낯뜨거움 – 이 있다면 아저씨의 노래는 별다른 클라이막스도 없이 무심히 흘러가고 있었다. 그 심심한 소리가 왠지 심심한 우리의 생활을 닮아 있는 것 같아 마음 어딘가가 아렸다. 아저씨, 노래가 슬퍼요.

걸, 스모크, 베리 베리 배드

벌건 대낮에 공원에 앉아 맥주를 벌컥벌컥 들이키고는 담배를 문다. 둘은 궁합이 좋으니까. 미래가 없는 여자군, 하고 혀를 끌끌 찰 풍경이지만 상관 없다. 벌건 대낮에도 여행자는 일하지 않고, 미래가 없어도 되는 특권을 갖는다.

"걸, 스모크, 베리 베리 배드."

공원을 지나던 베트남 사내가 옆자리에 앉았다. 나와 비슷한 나이인 듯해서 '걸'이라는 단어가 썩 마음에 들지 않았다. "보이, 가던 길이나 가라고" 말하고 싶었지만 궁금하지도 않은 질문을 했다. "여기…… 금연 구역인가요?" 그는 내 질문을 무시하고 조금씩 어투를 바꿔가며 담배가 '걸'에게 좋지 않다고 말했고, 몇 번씩이나 같은 말이 이어지자 그의 세계 안에서 담배가 '보이'에게 끼치는 영향은 무엇일지가 진심으로 궁금해졌다.

핸드폰을 만지작거리던 그는 생뚱맞게도 페이스북 친구를 하자고 했다. 어떤 사건으로 담배 훈계가 페이스북 친구 신청으로 전환되었는지 알 수 없었다. 그의 세계는 많은 단계와 단어들이 생략되어서 몇 안 되는 사건만이 반복되는 것 같았다.

여행에서 돌아오니 친구들은 나의 러브 스토리를 잔뜩 기대하고 있었다.

"그런 건 영화에나 나오잖아. 기차나 비행기 옆자리에 훈남은커녕 곧 돌아가실 것만 같은 할아버지만 타서 무서웠다고."

"러브 스토리 진짜 없었어? 네 페이스북이 난리가 나서……"

그때서야 페이스북을 확인했다. 그 남자였다. 모래사장에 하트를 그린 사진과 함께 "I love you!"라는 포스팅이 담벼락 위를 떠다니고 있었다. 사랑과 증오는 종이 한 장 차이라는, 한낱 통속에 지나지 않던 말은 이상한 맥락에서 현실이 된다.

안녕, JP

JP와 작별의 포옹을 했다. 그는 나보다 어렸지만 어딘가 매사에 너그러운 구석이 있었다. 너그러운 사람이 옆에 있으면 함부로 위로받는 기분이다. 동시에 조금 불편한 기분이다. 나의 너그럽지 못함이 자꾸만 티가 나서. 그것은 타고난 성품이거나 오랜 세월이 사람들에게 주는 장기근속상 같은 것이 아닐까. 참 오랫동안 삶의 출근 도장을 찍은 당신에게 고맙다고, 수고했다고. 하지만 세월은 나에게 넌 아직 멀었다 한다. '너그러움'이란 나에게 큰 위로인 동시에 언제나 자책할 거리가 된다.

"안녕, 잘 다니고. 또 볼 수 있었으면 좋겠다."

나를 감싼 그의 손이 내 등을 지긋이 눌렀다. 귀국행 비행기를 타기 위해 다시 호치민으로 돌아올 테지만 그리고 나도 그를 다시 만나게 되기를 바랐지만, 왠지 다시는 만나지 못할 거라는 느낌이 들었다. 애틋한 마음이 들면 그것은 벌써 추억이 되어버린다. 이미 지나가버려 생각으로밖에 쫓을 수 없는.

"안녕, 나도 꼭 다시 볼 수 있으면 좋겠어."

나는 정말 우리가 다시 만날 것처럼 얘기했다. "다시는 못 보겠지만" 같은 단서는 달지 않았다. 대신 그의 등을 똑같이 지긋이 눌러주었다. 그도 나에게 아주 작은 위로나마 받을 수 있기를 바라며.

JP와 함께 다니며 오토바이 주차장을 참 많이도 갔다.
오토바이는 항상 많았다. 거리에도, 주차장에도.

친구를 만났다. 나는 그녀가 이곳을 여행중이라는 것을 알았고, 그녀도 내가 이곳에 있다는 것을 알고 있었다. JP의 오토바이는 호치민 중심가를 한 번 빙 돌더니 그녀가 묵는 호텔 앞에 멈췄다. 그녀는 호텔 앞에 마련된 테이블에 앉아 있었다.

그녀의 호텔방에 짐을 풀고 우리는 시내를 돌아다녔다. 온갖 짝퉁 물건들을 구경하다 보니 배가 고파져서 가이드북에 나온 레스토랑을 가기로 했다. 지도를 현실에 대입시키고 여러 사람들에게 물어 물어 겨우 길을 찾아냈지만 레스토랑은 없었다. 길가에 앉아 있던 아저씨는 그곳이 없어졌다고 무기력하게 말했다. 그는 단지 이 거리에 산다는 이유만으로 많은 관광객들에게 레스토랑이 사라졌음을 알려줘야 했을 것이다.

보통의 여자애들이 나눌 법한 고민 – 네일아트를 받아볼까, 마사지를 받아볼까 따위의 – 을 하면서 근처에 있는 맥줏집으로 들어갔다. 우습게도 우리는 각자의 연인과 함께 올 것을 기대하며 비슷한 시기에 비행기 표를 두 장씩 샀지만 출국 전에 헤어지고 말았다.

"이래서 미리 예매해놓으면 안 된다니까."

"우리가 성급했어."

우스갯소리를 하며 우리는 한국에서의 대화와 별다를 게 없는 말을 나누었다. 창밖으로는 우리와 아무 상관도 없는 풍경이 펼쳐지고 있었다.

"여기는 한국 같고, 저기가 베트남 같다. 창문은 보더 라인."

"그러게. 꼭 서울에 있는 것 같다."

비행기까지 타고 와서 한심하다는 생각이 들었지만 왠지 기분은 좋았다. 오늘은 한심한 하루다.

킹콩과 소년의 당구 경기

거나하게 취한 근육질 외국인 관광객들의 움직임은 낮보다 둔하고 폭력적이다. 자기가 얼마나 큰지 잊어버린 킹콩 같다. 그 위태로운 몸짓이 난무하는 술집을 한 소년이 헤치고 들어오더니 무턱대고 팔찌를 들이밀었다. 소년의 팔찌는 미안하게도 너무 조악하여 살 마음이 들지 않았지만 그래도 걱정은 됐다. 그 걱정이란 것이 '이런 곳을 드나들기엔 넌 너무 어리지 않니?'였는지, '조심해라. 그러다가 킹콩한테 잘못 부닥쳐서 골로 가는 수가 있다'였는지 잘 모르겠지만 어쨌든 걱정은 됐다. 내가 지을 수 있는 최대한의 미안한 표정을 장전하고 소년의 얼굴을 보는데 세상에나…… 소년의 얼굴은 비어버리고 없는, 허무(虛無) 그 자체이다. 내가 팔찌를 사지 않을 거라는 판단을 내리는 데에 소년은 1초도 걸리지 않는다. 한마디 더 보태지도 않고 쌩하게 돌아서더니 자기 키의 세 곱절이 넘는 외국인 관광객을 쾅쾅 두들긴다. 그들은 한참 팔찌를 만지작거리더니 소년에게 잔인한 제안을 한다.

"네가 당구를 이기면 팔찌를 사주지."

♦

물맷돌

돌 같은 작고 단단한 것을 손에 쥐고 팔을 휘둘러서 멀리 던지는 것.

성경에서 다윗은 물맷돌로 골리앗을 쓰러뜨린다.

세상에 나쁜 놈이란 것들이 따로 있겠나 싶다. 사줄 거면 사주고 아니면 말지. 저 어린애가 어떻게 당구를 친다고…… 그런데 내 예상은 보기 좋게 빗나갔다. 당구 큐대를 잡은 소년의 손놀림이 예사롭지 않다. 너네 부모님 당구장 하시니? 킹콩들이 점수를 올리면 소년은 조금 초조한 듯 보이다가도 이내 의젓한 표정을 꾸며낸다. 어느새 나도 모르게 소년의 편이 되어 당구를 지켜본다. 성경 속이라면 소년이 물맷돌 이라도 던져서 이겨야 할 텐데 호치민의 번잡한 술집에서 그런 일은 일어나지 않았다. 소년은 결국 아슬아슬한 차이로 지고 말았다. 그래도 이 정도 경기를 펼쳤으니 한번만 사정해도 팔찌 정도야 사줄텐데 소년은 역시나 한마디도 보태지도 않고 사라진다.

소년은 너무나 능숙해서 애처롭다.

VIETNAM

~*~

CAMBODIA

왠지 여기에서

무슨 일 하나라도

일어나야만 할 것 같았다

프놈펜을
세 번 지나친 사연

영화에는 버려질 단서나 인물, 이야기가 없다. 아무렇지 않은 척 우연을 가장해 잠시 등장했다 사라지는 인물이나 장소는 사실 철저한 계산 아래 배치된다. 무대에 총이 등장했으면 그 총은 반드시 발사되어야 한다는 안톤 체호프의 말처럼. 하지만 현실에서는 쓸데없고 아무런 의미 없는 우연이 반복되기 일쑤고, 그의 말을 믿고 우연에 멋대로 의미를 붙여대다가는 지나친 낭만주의자로 낙인찍히게 되는 것을.

하지만 고작 보름 정도 되는 짧은 여행에서 전혀 관심 밖이던 프놈펜을 세 번이나 지나치게 되니 왠지 여기에서 무슨 일 하나라도 일어나야만 할 것 같았다.

첫번째,
호치민에서 씨엠립으로

"캄보디아 어느 도시를 가든지 프놈펜에서 갈아타야 합니다."

데탐 거리에 즐비한 여행사들은 모두 같은 소리를 했다. 버스를 갈아타기 싫었다. 첫차를 탈 생각이라 피곤함을 유발하는 어떤 상황도 피하고 싶었고, 갈아타는 버스를 기다리며 길거리에서 한두 시간 넋을 놓고 있기도 싫었다. 그래서 씨엠립이 아니라 프놈펜까지 가는 버스를 예약했다. 한번 둘러보고 마음에 들면 프놈펜에서 하루 정도 묵고, 다음날 씨엠립으로 갈 생각이었다. 아침 일곱시 반에 출발한 버스는 오후 세시쯤 프놈펜에 도착했다. 버스 자동문이 열리자마자 손님 태우기에 열을 올리는 툭툭 기사들이 바싹 몰려든다.

"헬로우, 썰! 헬로우, 미쓰! 툭툭?"

안 그래도 좁은 터미널은 길 잃은 백패커들과 그 길을 내가 알려주겠노라, 장담하는 툭툭 기사들로 폭발 직전이다. 노땡큐, 노땡큐. 사방팔방에서 몰려드는 기사들을 뿌리치다 보니 어느새 티켓 오피스 앞, 버스에서 나온 지 5분도 채 안 되어 주눅이 든다. 분주한 자동차 정비소에 온 것 같달까. 찐득한 사람 사는 냄새야 반갑지만, 난 고쳐야 할 자동차도 없고 딱히 용무도 없으니 환영받는 손님은 못 되는 기분. 그래도 가만히 멍때리는 것은 아무래도 이 도시와 어울리지 않는다. 똑똑하고 야무지게 뭔가를 처리

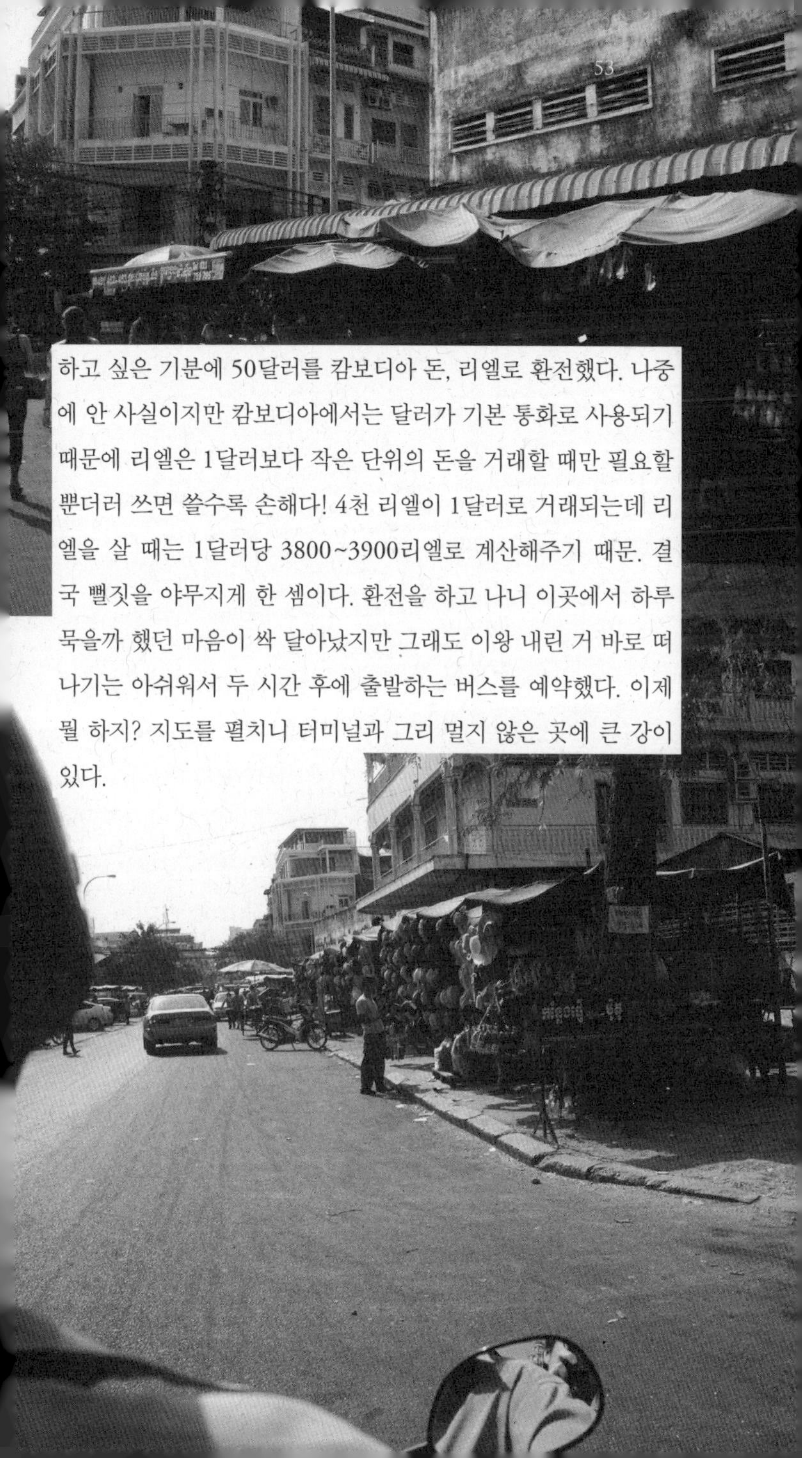

하고 싶은 기분에 50달러를 캄보디아 돈, 리엘로 환전했다. 나중에 안 사실이지만 캄보디아에서는 달러가 기본 통화로 사용되기 때문에 리엘은 1달러보다 작은 단위의 돈을 거래할 때만 필요할 뿐더러 쓰면 쓸수록 손해다! 4천 리엘이 1달러로 거래되는데 리엘을 살 때는 1달러당 3800~3900리엘로 계산해주기 때문. 결국 뻘짓을 야무지게 한 셈이다. 환전을 하고 나니 이곳에서 하루 묵을까 했던 마음이 싹 달아났지만 그래도 이왕 내린 거 바로 떠나기는 아쉬워서 두 시간 후에 출발하는 버스를 예약했다. 이제 뭘 하지? 지도를 펼치니 터미널과 그리 멀지 않은 곳에 큰 강이 있다.

강가, 시원한 맥주, 담배 두 개비.
드디어 이 복잡한 도시에서 할 일이 생겼다. 가게에서 맥주 한 캔을 사고 쎄옴을 잡아 탄다. 그리고 쎄옴 뒷자석에 앉아 멍하니 기사의 새끼 손톱을 본다. 새끼손가락 끝에서 긴 세월을 살며 꼬장꼬장해진 그의 새끼 손톱.

손톱을 기르는 것에 대해 나는 일정한 불만감을 갖고 있다. 일단 그 행위 자체가 위생적으로 옳지 못한 것이 불만이고, 더러운 주제에 자꾸만 키보드와 나 사이를 이간질시키는 것이 불만이고, 별것도 아닌 일에 발랑 까뒤집어지는 것이 불만이고, 고 작은 공간 위로 별과 하트가 위태스럽게 돌아다니는 것이 불만이고, 또 그것이 왠지 어디에나 우주와 사랑을 담아내려는 사람들 같아 보여서 불만이다. 그래서 선분홍색 손톱 밑으로 허연 손톱이 삐쭉거릴라치면 나는 잔인하게 그것을 깎아냈다. 손톱을 버릴 때마다 쥐가 이것을 주워 먹고 내 행세를 하면 어쩌나 불안했고, 손톱 쥐와 나를 구분해주는 것이 뭘까 생각하다가 아무도 그 경계를 찾아낼 수 없을 것 같아 더 불안했다. 아무리 생각해봐도 손톱은 깨끗하지도 쓸모 있지도 안전하지도 않은 신체다. 사람이 지금보다 좀더 진화하면 손톱이 없어지지 않을까? 그럼 손끝이 너무 흐물거리려나? 내 손톱을, 나아가 세상의 모든 손톱들을 경멸하고 있을 때, 기사의 새끼 손톱은 핸들을 쥐는 생업에서도 제외된 채 곧게 뻗은 새끼손가락의 호위를 받으며 드라이브를 즐기고 계셨다. 그는 손톱 세상의 씻기 귀찮아하는 귀족 같았다.

강가는 황량했다. 흙탕물이 흐르고, 강렬한 태양을 피할 멋진 나무도 없고, 저 건물 주인은 얼마나 재미없는 인간일까 싶은 건물 몇 개만이 강 건너편에 띄엄띄엄 재미없게 서 있다. 강가를 따라서 카페와 레스토랑이 늘어서 있지만 그곳에서는 실제로 강이 보이지 않는다. 도로를 사이에 두고 있기도 하고, 강둑이 강물 높이에 비해 지나치게 높기 때문이다. 허나 팬시한 레스토랑에서 식도락을 즐기는 관광객들을 보고 있자니 이런 감탄도 안 나오는 강이야 차라리 보이지 않는 것이 낫겠구나 싶다. '강가'라는 배경은 그냥 그들의 머릿속에서 훨씬 아름답게 각색되고 있을 것이다. 그래서인지 실제로 강이 보이는 강둑에는 사람이 정말 없었다. 그 버려진 듯한 강가에서 맥주를 마시고 담배를 피운다. 강은 아무리 보고 있어도 그 황량함을 벗지 못한다.

두번째,
씨엠립에서 시하누크빌로

자정에 출발한 버스는 프놈펜에 도착하기 전, 한 휴게소에서 멈췄다. 새벽 세시를 조금 넘긴 시각, 뭘 먹기는 애매해서 바깥 공기나 쐬다 들어가야지 했는데 어떤 아저씨가 대뜸 찐옥수수 하나를 건넨다. 이걸 먹어도 되나 잠깐 망설이다가 한 입 베어 물었는데 이 옥수수, 뭘 발라 놓았는지 살짝 달달한 게 입맛을 확 당긴다. 정신없이 옥수수를 먹는다. 아저씨는 별 말이 없다.

옥수수 아저씨는 프놈펜에 도착해서 다시 말을 건냈다. 저기 앉을래? 시하누크빌행 버스는 두 시간 후에 온다니, 기다리는 동안 말동무나 하자 싶어 터미널 앞에 놓인 테이블에 자리를 잡았다. 버스에서 나올 때만 해도 깜깜했던 하늘은 어느새 푸른 빛을 띈다. 커피 한 잔을 내 쪽으로 살짝 밀며 그가 말한다.

"My treat."

그러고서 별 말이 없다. 푸르게 변해가는 하늘만 바라볼 뿐. 참 이상한 아저씨네.

그를 보고 있자니 스페인 기차에서 만난 노인 생각이 났다. 열 시간 넘게 기차를 타고 이탈리아로 가는 길, 커피 생각이 간절했지만 그때는 정말 돈이 없었다. 단념하고 돌아서려는데 식당칸에 앉아 있던 한 노인과 눈이 마주쳤다. 빳빳하게 풀 먹인 아이보리색 정장을 입고 각 잡힌 중절모를 쓴 노인. 그는 옆자리를 탁탁 치며 앉으라는 손짓을 하고서 종업원에게 손가락 두 개를 펼치며 말했다.

“Two coffee.”

그 능숙한 제스처하며 패션 센스하며 젊은 시절에 여자 꽤나 울리셨겠네 싶었다. 말을 하긴 귀찮지만 공짜 커피가 걸려 있으니 좀만 얘기하다가 일어날 요량으로 앉았는데 노인은 커피를 다 마실 때까지 한마디도 하지 않았다. 창밖에 시선을 고정시킨 채 커피만 마실 뿐.

“Thank you for the coffee.”

“Have a good trip.”

헤어지면서 우리는 최초의 그리고 최후의 대화를 나누었다.

세번째,
시하누크빌에서 호치민으로

국경 지역에서 다시 검사를 하지만 캄보디아에서 베트남으로 넘어가는 버스 탑승객은 프놈펜 버스 터미널에서 여권을 보여줘야 한다. 여권을 보여주면 이름과 간단한 여권 정보를 적고 버스를 갈아탄다. 세 번이나 지나친 프놈펜에 정이라도 들었나. 갈아타는 버스 앞에서 자꾸만 늑장을 부리는 나에게 버스회사 직원은 얼른 타라고 성화다. 그는 재빠르게 인원을 체크하고 기사에게 출발 신호를 보낸다. 참 맥없는 작별의 순간이구나.

엔진 소리가 덜그럭거리더니 버스는 결국 베트남 국경을 넘지 못한 채 멈춰버렸다. 어떠한 이정표도, 불빛도 없는 곳에서 버스 뒷꽁무니를 구식 손전등의 옅은 불빛만으로 그러나 놀랍도록 확신에 찬 손놀림으로 고치는 기사 아저씨를 보고 있자니 무언가 비장한 느낌마저 들었다. 에어컨이 꺼진 버스에서 더위를 참지 못한 서양인들이 하나둘씩 밖으로 빠져 나왔고, 그것을 보니 꽤 시간이 흘렀구나 싶었다. 너무 덥다느니, 언제 고쳐지냐느니, 볼멘소리를 하던 그들도 이내 조용히 기사 아저씨를, 혹은 거진 다 차오른 보름달을 바라봤다. 사실 이 두 가지를 바라보는 것 외에는 딱히 다른 할 거리가 없기도 했다. 눈이 어둠에 익숙해져 여러 개의 톤으로 배경이 나뉠 때쯤, 거대한 헤드라이트가 적막하게 지나갔다. 시각과 청각, 두 감각의 극명한 대비 때문인지 그것의 실제 속도감이 느껴지지 않았다.
마치 거대한 물고기가 바닷속을 유영하는 것을 볼 때처럼,
매우 빠르거나 매우 느린 물체.

Angkor

WIN WIN
Coffee
3$

국경을 넘는 버스 안

CAMBODIA

SIEM REAP

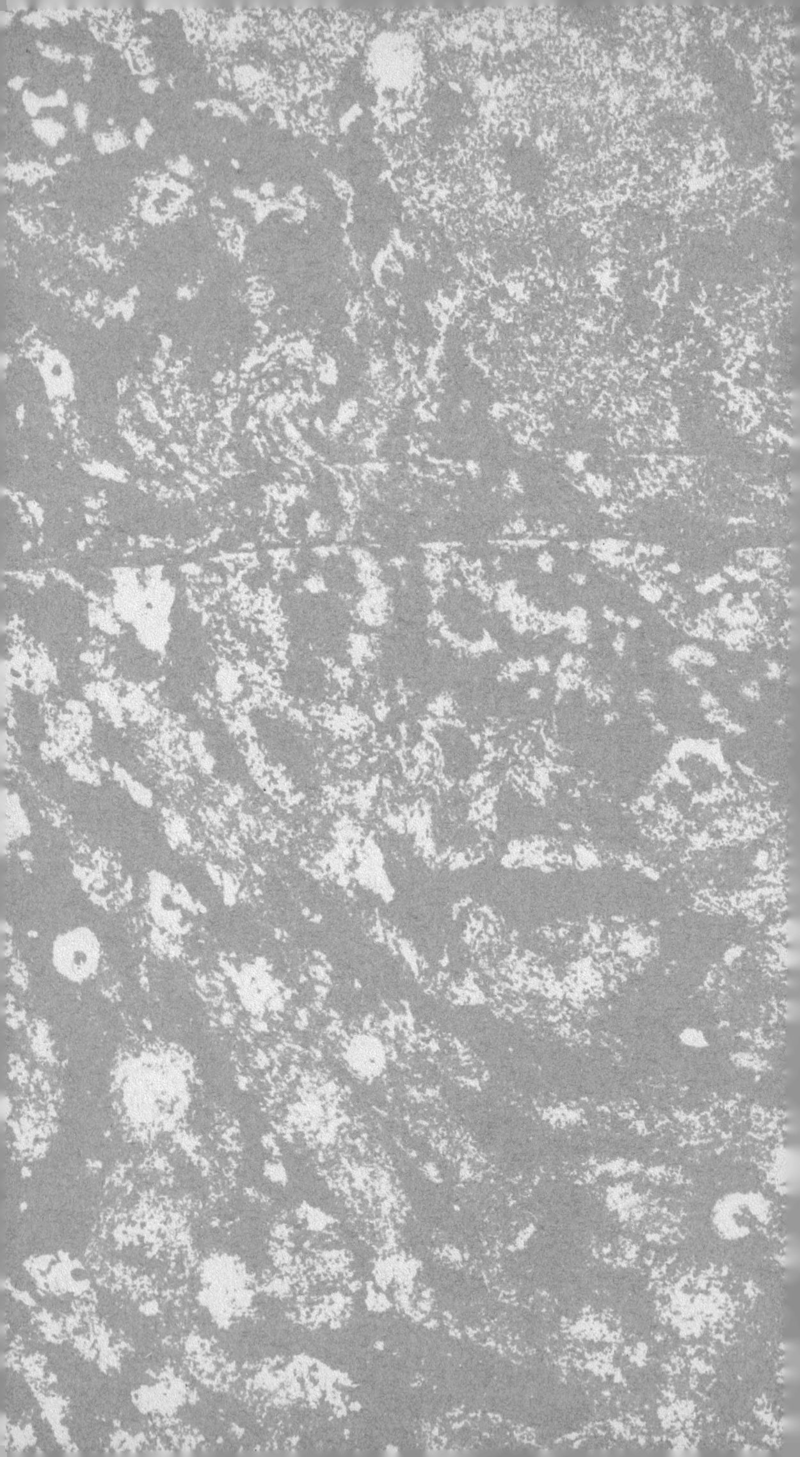

여행 얘기를 하는 그의 표정은
소풍 갔던 얘기를 조잘거리는 소년 같기도 하고,
넉넉하게 노후를 보내는 노인 같기도 해서
때론 엄마처럼,
때론 손녀처럼
그의 여행 얘기를 들었다.

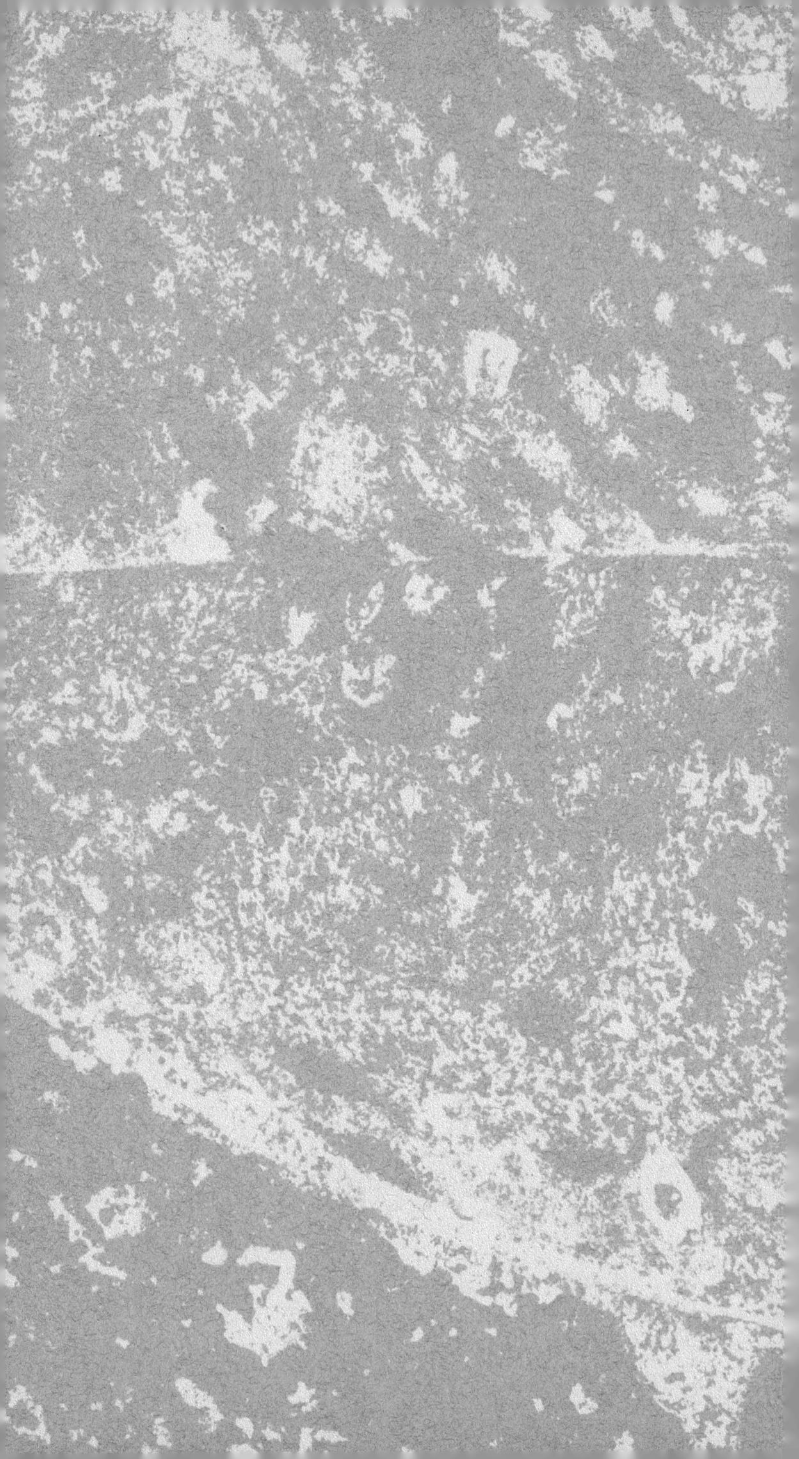

돈의 문제 #1

누군가 여행의 장점에 대해 묻는다면 여러 빛나던 날들을 얘기하다가 끝머리쯤, 그 빛나는 얘기가 저물어 갈 때쯤, '궁색하지 않은 가난'을 슬쩍 그 장점의 대열에 밀어넣을 것이다. 가장 못생겼지만 가장 사랑하는 자식을 새치기시키듯이.

서울에서는 돈을 버는 일은 물론 쓰는 일조차 도통 즐겁지가 않았다. 사실 즐거울 때도 있었지만 그건 사실 '즐거움' 같은 긴 호흡의 단어보다는 '쾌감' 같이 금세 사라지는 단어에 더 가까우리라. 그런 날도 있었다. 돈을 쓰는 일이 너무나 피곤하게 느껴지던 날. 돈을 버는 거라면 모를까 쓰는 게 피곤하다고 말하는 친구들은 없었고, 그날 나는 섬뜩하게 외로웠다. 어찌 보면 그 피곤함은 안락함과 함께 묶어진 패키지 상품 같은 게 아닐까. 호텔에서 궁색함을 면했으면 다음날은 인삼 전시장에 가야 하는 것처럼. 중요한 것은 서울에서 내 생활은 '호텔'이거나 적어도 '호텔'을 닮아 있어야 한다는 점이다. 내가 그놈의 '호텔'을 원하건 원치 않았건 별 상관없이. 서울에서 호텔은 당신이 노력해 온 무언가에 대한 보상이 되고, 우리 부모님들의 자존심이 된다. 그래서 일단 호텔에서 묵고, 인삼 전시장에서 피로해지기를 반복하는 것이다. 그사이 월급은 통장으로 입금되고, 숙박비는 자동 이체된다. 매달 나의 행적들과 보상들이 어떤 달은 조금 넘치게, 또 어떤 달은 조금 모자라게 숫자로 기록된다. 소비는 점점 현실감을 잃어간다. 그래서인지 나는 여행을 할 때 남은 돈을 세보며 탄식하거나 어이없이 적은 돈 때문에 찌들려가는 순간들이 괜히 반갑다. 자전거로 앙코르 사원을 돌아다니기로 한 것은 순전히 돈 때문이었다.

멀리 떨어진 몇몇 사원을 제외하고 앙코르 와트◆ 주변의 유적지를 도는 코스로 보면 툭툭은 15~25달러, 쎄옴은 10달러 안팎이 든다. 가격으로 보나 좌석 수로 보나 툭툭은 3~4인 여행자 그룹에게 적당하고, 쎄옴은 1인 여행자에게 적당하다. 하지만 자전거는 하루 대여하는 데 1.5달러. 망설임 없이 자전거를 선택한다. 여행은 선택의 기준을 참 단순하게 만든다.

곧게 뻗은 붉은 토양의 길, 길 양 옆으로 기분 좋은 그늘을 만들어주는 나무들, 유적과 유적을 잇는 통로, 아무것도 관람 당하지 않아도 되는 공간에 마음 내키는 대로 나를 잠시 고정시켜 본다. 목을 축이고, 심호흡도 하고, 괜히 지도도 뒤적거린다. 그때 툭툭에 몸을 실은 여행자들이 쌩하니 지나갔다. 이 아름다운 길을 저렇게 아무 느낌도 없이 통과해버리다니. 난 그들이 안 됐다고 생각한다. 이 날씨에 왜 사서 고생? 그들은 나를 불쌍하게 생각한다(아마도). 이어폰을 꼽고 노래를 흥얼거리며 천천히 페달을 밟아 앞으로 나아간다. 핸들을 잡은 손등 위로 나뭇잎에 부서진 햇살 조각들이 미끄러진다.

◆

앙코르 와트(Angkor Wat)

앙코르 사원 중에 가장 큰 사원으로, 처음에는 힌두교의 3대 신 중 하나인 비슈누 신에게 봉헌되었고, 나중에는 불교 사원으로도 쓰였다. 캄보디아의 상징이 되었으며 크메르인의 문화적 자긍심의 원천이다.

Marlboro

돈의 문제 #2

열이 뻗친다. 나쁜 년! 앙코르 사원 관람 첫날, 자전거를 타고 살랑한 바람을 가르며 앙코르 와트 앞에 도착했다. 드디어! 빨리 자전거를 세우고 싹싹 훑어줘야지. 그런데 앙코르 와트를 눈앞에 두고 그만 발이 묶여버린다. 자전거 자물쇠가 말썽이다. 땡볕 아래에서 손톱만한 자물쇠 열쇠와 씨름을 하고 있으니 제리를 잡는 톰의 심정이 이런 건가 싶다. 혹시 내 손이 보통의 캄보디아 사람들과 다르게 움직여서 열쇠가 안 들어가는 건가? 자물쇠가 고장난 것을 인정하기 싫어 애꿎은 손만 탓하며 한참을 낑낑대다가 결국 도움을 청하기로 마음 먹는다. 저 사람은 너무 인상을 쓰고 있고, 저 사람은 왠지 욕심쟁이 같고…… 나름의 기준으로 사람들을 솎아내다가 노점상에서 모자를 팔고 있는 소녀가 포착됐다. 톡, 하고 건들면 툭, 하고 눈물이 떨어질 것 같은 커다란 눈망울이 어마어마하게 착해 보이는 소녀. 어차피 모자도 필요했던 터라 싼 모자를 하나 사면서 자전거를 봐달라고 부탁할 작정이었다.

"모자 이거 얼마니?"

"25달러."

터무니없는 바가지. 하하. 어이가 없어 헛웃음을 웃으니 가격은 바로 15달러로 내려간다. 부탁하는 처지라 심하게 깎을 생각은 없었지만 이건 너무하지 싶다. 가장 싸 보이는 모자를 골라 다시 가격을 물으니 12달러.

“말도 안 돼. 시내에서는 2달러 정도면 사겠는데.”

그런데 이 기집애가 커다란 눈망울로 들이대며 사정을 한다.

“여기에서 장사하려면 자릿세를 내야 해서 저희도 어쩔 수 없어요. 이건 캄보디아 전통 모자라서 기념품도 될 수 있는데……”

으…… 그래도 너무 비싸! 마음 약해지면 안 돼! 그렇다고 저 눈망울 앞에서 야박하게 굴 수도 없고 어쩌다 보니 내가 사정을 하고 있다. 제대로 말렸다. 아이는 곧 울음을 터뜨릴 판이다. 어머, 내가 너 때렸니? 왜 울려고 그래. 결국 금방이라도 분해될 것 같은 캄보디아 전통 모자에 물 한 병을 얹어 9달러로 마무리짓는다. 자전거 잃어버리는 것보다야 낫지. 예산의 1/30을 어이없는 모자에 썼다는 분노를 꾹꾹 누른다. 하지만 다음 사원에 가서 분노는 다시 폭발했다. 자전거 때문에 더이상 무얼 사기는 아까워서 사원 앞을 지키는, 대부분 약간 험상궂게 생긴 경비 아저씨에게 부탁하니 아무 조건없이 자전거를 맡아주신다. 캄보디아에서 자전거는 도둑들에게 인기 있는 품목이 아니라는 말을 덧붙이시며. 애써 마음을 진정시킨다. 그래, 다른 곳도 아니고 앙코르와트 앞이니 자릿세가 엄청 비싸겠지. 하지만 마음의 평온을 찾으려는 갖은 노력에도 불구하고 분노는 꺼지지 않는 불씨처럼 다시 활활 타올랐다. 사원 안에서 장사를 하는 캄보디아 사람이 말했다. 앙코르 와트 앞 자릿세는 5달러 정도야.

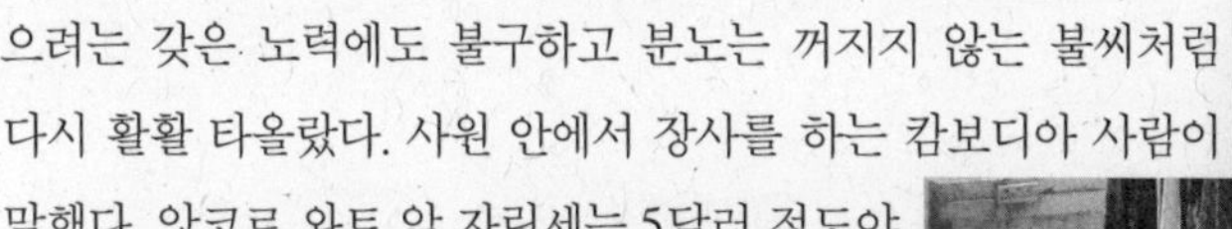

그 이후, 비싸게 산 모자, 뽕이나 빼자 싶어 어디를 가나 9달러 모자를 데리고 다녔다. 깜빡하고 모자를 가지고 오지 않은 날은 기어코 오던 길을 되돌아가서 모자를 머리에 걸치고 말았다. 여행이 끝나갈 무렵, 모자는 정말 분해되어버렸지만 왠지 정이 들어서 버릴 수가 없었다. 모자는 반쯤 뜯어진 채로 내 방 선반 위에 모셔져 있다.

쓸모를 잃은 모자, 전시 책자, 인상적인 사진이 박힌 지역 신문, 버스 티켓, 스쳐 지나갔던 사람이 남긴 메모, 절묘한 그립감의 자갈돌, 예쁜 맥주캔 같은 것들로 나의 가방은 지속적으로 무거워지곤 했다. 덜어보려고 해도 하나씩 보면 참 가벼운 것들이라 저울질을 한참 해보다가 이내 다시 가방 안으로 들어가는 것이다. 그렇게 여행을 마치고 돌아오는 길은 항상 무거웠다.
가방도, 마음도.

브레드 오믈렛, 플리즈

현지 음식을 찾아 먹어야지 했는데 더운 날씨에 기운을 빼고 나니 그냥 좋아하는 거나 먹고 힘이나 내자 싶다. 이럴 때 가장 만만하고 싸고 예상 가능한 메뉴는 단연 브레드 오믈렛. 저주받은 방향 감각이지만 낯선 골목길을 무작정 걸어 보거나, 보기만 해도 오줌 찔끔 지릴 것 같은 익스트림 스포츠 같은 것에는 불끈 솟아오르는 모험심이 음식 앞에서는 쏙 들어간다. 다른 메뉴로 넘어가는 것이 무슨 국경 넘는 일도 아닌데 웨이트리스가 오면 단 한 번도 고향을 벗어나본 적 없는 미국 영화 속, 꽉 막힌 중년 아저씨처럼 구는 것이다.

"브레드 오믈렛, 플리즈."

앙코르 사원을 관람한 3일 내내 브레드 오믈렛을 먹었다. 캄보디아는 인접 국가인 베트남, 태국, 중국의 영향을 받아 그만의 전통 음식을 꼽기가 좀 애매하지만 공통된 조리법은 있다. 거의 모든 재료를 기름에 볶는다는 점! 이렇게 보자면 기름 아끼지 않고 부쳐내는 오믈렛도 캄보디아 음식이라고 볼 수 있지 않을까. 몇몇 여행자들은 캄보디아 사람들의 기름 사랑에 불만을 터뜨리며 신선한 샐러드 타령을 했지만 값싸고 배부르면 장땡인 나는 어떠한 불만도 없이 접시를 깨끗하게 비워내곤 했다. 사람이 가장 중독되기 쉬운 맛이 짠 맛과 튀긴 기름 맛이라는데 그 기준으로 보면 캄보디아 음식은 마약 수준이다.

3일 간 먹은 브레드 오믈렛.

대부분 사원 입구 앞에는 식당과 기념품 가게가 있다. 식당 메뉴판에는 가격이 적혀 있지만 조금 비싸다 싶으면 어느 정도 흥정은 가능하다. 보통 3~4달러로 음식과 음료를 해결할 수 있다.

Coca-Cola
Coca-Cola

MENU
FOODs AND DRINKs
WELCOME
No. 99

여행자의 저녁식사

관광을 마치고 호스텔로 돌아와 차가운 물로 몸에 붙은 흙먼지를 씻어낸다. 찐덕했던 대기도 샤워를 하고 나면 제법 선선해진다. 테라스에 나가 담배 한 개비를 피우며 머리를 대충 말린다. 슬슬 배가 고파온다. 가벼운 반팔 셔츠에 반바지를 입고 읽을 책과 핸드폰과 지갑을 챙겨 펍 스트리트로 나선다. 펍 스트리트는 능청스러운 요부처럼 때에 따라 모습을 확확 바꿔댄다. 훌륭한 레스토랑이었다가 쇼핑의 메카로, 안락한 카페였다가 광란의 클럽으로. 이곳저곳을 둘러보다가 선명한 오렌지색 식탁보가 깔린 레스토랑의 가장 바깥자리에 자리를 잡았다. 무언가를 관람하거나 혹은 아무것도 안 하거나, 어쨌거나 현실에서는 아무런 경쟁력도 없는 시간을 보내고 정말 순수하게 배가 고파서 식당을 고르는 것이다. 선명한 오렌지색 식탁보가 예뻐서, 같은 쓸데없는 기준으로. 이런 어설픈 기준으로 골라도 음식은 기가 막히게 맛있다. 닭고기 채소 커리에 생맥주 한 잔. 매콤한 커리 향이 입 안을 기분좋게 자극한다. 눈이 절로 감긴다. 저녁을 먹기에는 약간 늦은 시간이라 이미 배를 채운 거리의 사람들은 이제 술 좀 마셔볼까, 하며 펍 스트리트를 질질 비비고 다닌다.

앙코르 What?

그 지루함이나 자유로움,
혼자였던 시간들

"그냥 너 생각이 나서."

그녀는 항상 이렇게 운을 띄운다. 자그마한 향초, 집에서 만든 비누, 울양말 같은 것들을 내밀면서. 그것들은 사소했지만, '내 생각'을 하며 써준 그녀의 시간들이 수줍게 묻어 있는 듯해서 항상 감동적인 구석이 있었다. 그중에서도 그녀가 간간이 구워준 CD를 특히나 편애했다. CD에 끼워진 쪽지에는 어설픈 글씨로 노래 제목과 아티스트 이름이 빼곡히 적혀 있었고, 몇몇 노래 옆에는 '이건 꼭 혼자서 술 마실 때 들으렴' 같은 방침이 달려 있었다. 여행지에서 들을 음악을 선별하다가 받은 지 꽤 오래된 그녀의 CD에서 몇 곡을 챙겼다. 듣다 보니 꽤 좋아져서 나중에 가사를 찾아본 노래가 있는데, 그 한 구절을 옮겨본다.

I'll miss the boredom and the freedom
and the time spent alone.
그 지루함이나 자유로움, 혼자였던 시간들이 그리울 거야.
But there is really nothing, nothing we can do.
하지만 거기엔 아무것도 없지, 우리가 할 수 있는 건 아무것도.
Love must be forgotten. Life can always start up a new.
사랑은 반드시 잊혀지고, 삶은 언제나 새롭게 시작되니까.

그곳에서는 내용도 모르고 들었지만, 왠지 이 상투적인 가사가 그때 내 심정 같다는 생각이 든다. 그래서 이 노래가 좋았을까. 동일한 환경에서 한 식물에게는 긍정적인 단어를, 다른 식물에게는 부정적인 단어를 보여주자, 부정적인 단어를 보여준 식물이 죽었다는 실험이 떠오른다. 믿기 힘든 얘기지만, 언어라는 것이 단순히 내용을 이해하는 기능만을 갖고 있다고는 생각하지 않는다. 어떤 형태를 띠든지, 어떤 소리로 울리든지, 세상의 언어들은 모두 비슷한 심정이 아닐까.

일몰과 반달

해질녘이 되면 울창한 숲의 평평한 정수리로 뜨거운 태양이 떨어지는 광경을 보기 위해 모두들 프놈바켕(Phnom Bakheng)으로 향한다. '프놈'은 크메르어로 '산'이라는 뜻. 우리에게는 그냥 자그마한 동네 뒷산 수준이지만 사방이 평평한 씨엠립에서 이곳은 가장 높은 산이다. 정작 가면 내가 일몰을 보러 왔는지 관광객 뒤통수를 보러 왔는지 모를 정도이고, 매일 보는 석양이 뭐 그리 대단하겠냐만은, 자연 풍경은 그 모습이 아무리 전형적일지라도 가슴을 뜨끈하게 찌르는 구석이 있다.

"캬~ 예술이네, 예술!"

걸쭉한 한국어에 반사적으로 고개가 돌아간다. 등산복을 입은 아줌마 아저씨 무리가 짧고 식상한 감상평을 나누고 있다. 선캡을 목에 걸친 아줌마는 별다른 코멘트도 없이 물 좀 없냐고 물었다. 그 모습이 괜히 건방지게 싫다가도 또 괜히 좋았다. 예술이던 석양은 그 캬, 하는 소리가 사라지기도 전에 포토 부스의 배경이 되고, 배가 고프다는 참 현실적인 이유로 잊혀져 간다. 그렇게 '캬~' 아저씨와 '물 좀 주소' 아줌마는 비슷하게 생긴 무리와 함께 '나는 아직도 배가 고프다'며 저녁을 먹으러 떠났다. 그 아저씨가, 그 아줌마가 한국으로 돌아가 여행 얘기를 하고 있을 장면을 상상하면서 나는 계속 프놈바켕에 있었다. 아저씨는 횟집에 앉아 소주잔을 만지작거리며 친구놈들 중 아무라도 빨리 여행에 대해 물어봐줬으면 싶다가 누가 묻기라도 하면 캬, 하고 말머리를 시작할 것이다. 아줌마는 자식들을 거실에 앉혀 놓고서 사진을 한 장 한 장 넘겨가며 정말 멋지더라, 라고 할 것이다. 그저 목이 말랐다는 사실은 까맣게 잊은 채.

한참 석양을 바라보다가 고개를 젖혀 하늘을 보니 반달이 톡, 하니 박혀 있다. 그런데 뭔가 이상하다. 달을 향해 연신 셔터를 눌러댄다. 무언가 분명히 달라졌는데 그게 뭔지 도무지 모르겠다. 이 굉장히 솜씨 좋은 숨은 그림 찾기 앞에서 갑자기 고래밥 생각이 났다. "여기야, 여기! 나 국자잖아!"라고 말하는, 차라리 시력 검사판에 가까운 고래밥의 숨은 그림 찾기. 나는 빨간 플러스펜을 들고 야구 모자에 얹어진 국자, 창문틀에 끼워진 붓, 상다리에 박힌 장화 위를 명료하게 체크하고서 더이상 아무것도 궁금해하고 싶지 않았다.

호스텔로 돌아와서 호주 청년과 시덥잖은 얘기를 주고받다가 반달 얘기를 꺼냈다. 딱히 명쾌한 답변을 원한 것은 아니었다. 그는 항상 약에 취해 비실거리며 행복해 죽겠다는 얼굴을 하고 다녔다. 그저 나는 그 달이 계속 너무 어려웠고, 내 앞에 그 청년이 있었을 뿐이었다. 그런데 그는 아주 쉬운 얘기를 하는 듯 말했다.

"북반구와 남반구는 달 방향이 반대야."

그 말이 몹시도 근사해서 나는 좀더 오래 그와 얘기하고 싶었다. 그는 분명 무언가 다른 멋진 말도 알 것만 같았다.

번뇌가 사라지는 곳

웃고 있지만 우리는 지금 엄청난 실랑이중이다. 넘어올 듯하다가도 넘어오지 않는 이 남자, 고수다. 그와의 줄다리기가 이틀째 되었을 때, 불안감은 극에 달했다. 문제는 화장실이었다. 아니, 정확히 말하자면 변기 커버였다. 하루에 3달러라는 말에 덜컥 짐부터 푼 것이 화근이었다. 요의를 느낄 때면 허벅지에 나의 모든 체중을 실은 애처로운 자세로 볼일을 봤다. 아직 대변의 신호가 오지 않았다는 행운에 감사하면서. 하지만 나는 언젠가 분명히 큰 일을 치를 것이다. 그 머지 않은, 예상치 못한 순간 불현듯 닥쳐올 참사를 생각하다보니 볼일을 봐도 영 시원치 않았다.

◆◆

문둥이 왕 테라스(Terrace of the Leper King)

6m의 높이의 지지대 위에 좌상이 있다. 이 좌상이 나병으로 죽었다고 전해지는 야소바르만 1세를 나타낸 것이라 해석한 사람들에 의해 이런 무시무시한 이름을 갖게 되었다. 좌상에 쓰인 15세기 글에는 이것이 죽음의 신, 야마(Yama)의 상이라고 되어 있으며, 역사학자들은 이곳을 왕실의 화장터로 보고 있다.

프레아 칸(Preah Khan)

불교 단지이지만 일부분은 비슈누 신에게, 다른 부분은 시바 신에게 바쳐진 사원. 자야바르만 7세가 아버지를 위해 지은 곳으로, 영화 〈툼 레이더〉 촬영지로 유명세를 탄 타프롬(자야바르만 7세가 어머니를 위해 지은 사원)에 사람이 너무 많다면 이곳을 가볼 만하다. 다소 멀긴 하지만 타프롬의 볼거리(스펑나무와 사원이 기이하게 얽혀 있는 모습)를 맛볼 수 있고, 비교적 한산한 편이다.

"변기 커버 좀 달아주세요."

나의 간곡한 부탁은 캄보디아 변기 커버의 가격 조사로 이어지고, 내가 하나 살 테니 달아주면 안 되겠느냐는 측은함으로 번져갔지만, 호스텔 직원은 계속해서 상냥한 얼굴로 "쏘리"를 반복했다. 손님들이 변기 커버를 계속 망가뜨려서 아예 달지 않는다는 게 이유였다. 그런 논리라면 어차피 죽을 거 왜 사느냐고 반문하고 싶었지만 변기 커버에 삶과 죽음의 명제를 끌어들일 순 없어서 입을 열지 않았다. 호스텔을 옮기면 될 일이지만 여행의 순간에는 이런 일처리에 매우 게을렀고, 같거나 더 저렴한 가격의 숙소를 구하는 것도 불가능해 보였다. 이제부터라도 적게 먹어야 하나. 처음으로 먹는 게 불편해졌다.

문둥이 왕 테라스[◆]에서 프레아 칸[◆]으로 넘어가는 길, 나는 탄성을 지르고 만다. 누가 알았겠는가. 천년의 사원 안에 최신식 화장실이 숨어 있을 줄. 떨리는 마음으로 화장실 문을 연다. 탄성은 또 터진다. 있어야 할 곳에 있는 변기 커버의 모습은 얼마나 아름다운가. 변기 커버가 허벅지에 닿았을 때의 감격은 창피할 정도로 대단했다. 아, 이래서 해우소라고 했구나. 번뇌가 사라지는 곳. 감격이 지나쳐 나는 진지해지고 있었다.

충전

메뉴가 다양한 식당에 가는 것이 나에게는 참 고역이다. 다양한 물건을 파는 상점에서 쇼핑을 하는 것 또한 나에게는 고역이다. "비등한 것들 사이에서, 어느 것도 완전한 거짓이 없는 것들 사이에서♦" 무언가를 선택해야만 하는 상황은 언제나 피곤하다. 만약 모든 상점이 각각 하나의 물건만 팔고, 모든 식당이 각각 하나의 메뉴만 서빙하는 그런 꿈의 동네가 있다면 아무 고민없이 이사 갈 텐데. 스스로도 이해할 수 없는 점은 무엇을 사든 무엇을 먹든 결국 처음 생각했던 것을 선택하면서도 매번 고민한다는 것이다. 그것도 아주 오랜 시간을 들여서. 겨우 검정색 린넨 바지 하나를 사고 나니 한 시간이 훌쩍 지나 있었고, 나는 정말이지 완전히 지쳐버렸다.

♦

김혜리 기자(씨네 21)가 영화감독 홍상수와 〈누구의 딸도 아닌 해원〉에 대해 나눈 인터뷰에서 빌린 표현이다.

Q. 해원에게 미국에서 온 교수가 하는 "망가뜨릴 수 없는 개성을 가진 사람이 옆에 있는 것이 내 정신 건강에 좋다"는 대사에 공감이 컸습니다. 이 말에 대해 더 해주실 말씀이 있나요?

A. 자신을 정하기가 힘든 사람이 있다면, 그 이유가 여러 가지를 능숙하게 할 수 있어서건, 혹은 여러 다른 태도를 자신 속에서 자유롭게 운용할 수 있어서건, 그게 어느 순간 약간 저주같이 지겨워질 수 있습니다. 항상 진심으로 있고 싶은데, 비등한 것들이 다 말이 되고 완전히 거짓도 아닌 거죠. 그럴 때 천진하거나 자의식과 레퍼런스가 너무 많지 않은 사람이 앞에서 보기 좋은 자연스러움으로 떡하니 존재감을 드러내고 있으면 그냥 너무 예뻐 보이는 걸 겁니다.

고질적인 선택 장애에 절망하며 가이드북을 펼친다. 여행중에는 어느 정도의 실패나 불편함은 감수하다 못해 즐기는 편이지만 이번에는 절대 실패할 수 없다. 빵빵한 에어컨, 척추를 녹여버릴 만큼 편안한 소파, 부드럽고 단단한 우유 거품이 듬뿍 올려진 커피, 친절한 웨이트리스…… 소비 문명의 산물에 둘러싸여 위로받고 싶다면 당신이 가야 할 곳은 '블루펌프킨'. 반들반들하게 반짝이는 하얀 벽부터 테이블, 의자, 쿠션 모두 화이트로 맞춰진 이곳은 지금 생각해보면 그저 편한 카페였지만, 당시에는 현대 문명의 성지 같았다. 카페에 발을 들이자마자 한껏 부풀려진 밀가루의 고소한 냄새가 지친 몸을 위로한다. 하지만 가격표는 별 위로가 되지 않는다. 쿠키 종류는 1~2달러, 빵은 3~5달러. 반쯤 열렸던 지갑을 애써 닫고 2층으로 올라가니 이미 꽤 많은 관광객들이 에어컨 바람에 몸을 식히고 있다. 일반적인 의자도 있지만 인기 있는 자리는 침대라고 봐도 무방한 쿠션 자리(실제로 베드 트레이가 놓여져 있다). 음료는 3~6달러 정도로 캄보디아 물가를 생각하면 말도 안 되는 가격이지만 비싼 만큼 맛도 직원들의 서비스도 좋다.

언제 잠든 건지도 모르게 잠이 들었다. 눈을 뜨니 카페 안은 어느새 몰려온 관광객들로 북적이고 있었다. 잠깐의 낮잠으로 완전히 충전된 몸을 가뿐히 일으켜 카페를 빠져 나온다. 따갑던 햇볕도 조금은 누그러진 노릇한 오후다.

현대 문명이다!

여자 친구의 모자를 쓴 남자분. 어딜 가나 연애는 다 비슷한 것일까?

네 번의 시도

눈도 제대로 떠지지 않는 폭발적인 광량을 자랑하는 날씨다. 아직 밖을 나서지도 않았는데 호스텔 입구에서부터 뜨거운 열기가 몸에 닿았다. 뜨거운 국물이 먹고 싶다. 지독하게 추운 겨울, 길거리에서 덜덜 떨면서 아이스크림을 먹고 싶을 때처럼. 적당한 레스토랑을 찾아 쌀국수와 딸기 주스를 주문하고서 오늘 뭘 할지 계획을 세워본다. 앙코르 사원 티켓도 끝이 났고, 지난 3일간 성실한 관광객의 자세로 사원을 돌아본 탓에 더이상의 유적지는 보고 싶지 않았다. 유적지를 지우고 나니 뭘 하면 좋을지 모르겠다. 갑자기 텅 비어버린 시간 앞에 던져진 기분. 하지만 이것도 나쁘지 않다. 여행이 끝나면 이상하게도 이런 아무것도 없는 심심한 순간이 그리워지곤 하니까. 아무도 없는 새벽, 기차역에서 홀로 첫차를 기다리던 순간이나 어디로 가야 할지 고민하다가 아무데도 안 가도 괜찮다는 사실에 새삼 안도하는 순간들. 그렇다고 아무데도 안 가기에는 지금 여긴 너무 덥다. 딸기 주스를 쪽쪽거리다가 고민한 시간이 무색하게 단순한 일정을 세운다. '수영장.' 씨엠립에는 바다는 없지만 수영장을 구비한 호텔이 많고, 호텔 투숙객이 아니더라도 꽤 저렴한 입장료로 수영장을 이용할 수 있다는 가이드북의 말씀을 따라서.

첫번째 시도는 골든바나나 호스텔. "오늘 뭐 할거야?" 호주 청년이 물었고, "글쎄, 수영장이나 가볼까?"라고 대답했다. 가본 것은 아니지만 괜찮다는 얘기를 들었다면서 그는 골든바나나 호스텔을 추천했다. 딱히 다른 곳을 아는 것도 아니고, 그곳이 꽤 가까운 거리에 있었기 때문에 대충 짐을 챙겨 길을 나섰다. 발가락 사이를 파고드는 붉은 모래도, 불어오는 바람마다 갸웃거리는 거리의 풀때기도 수분을 쏙 빨린 채 바스락거린다. 태양은 온갖 건방을 떨면서 "야, 이 새끼야. 수분 내놔" 하고, 나는 꽤 선심을 쓰는 양 "자, 맘껏 다 가져 가거라" 한다. 나는 수영장에 갈 테니까. 한껏 들떠서 도착한 골든바나나 호스텔 수영장은 이미 너댓 명의 서양 관광객들 차지다. 서로 물장구를 치고 괴성을 지르고 난리가 났다. 그렇지 않아도 좁은 수영장은 점점 더 좁아지고, 그렇지 않아도 한 덩치 하는 서양인들은 점점 더 비대해진다. 가격을 물으니 6달러 입장료에 음료수 하나 포함. 미련없이 발길을 돌린다.

두번째 시도는 시내 한복판에 자리한 호텔. 시내로 나와 툭툭 기사에게 근처에 수영장이 있냐고 물으니 바로 앞에 있는

건물을 가르켰다. 1층 전체를 레스토랑으로 쓰고, 중간층은 숙박 시설이, 옥상에는 수영장이 있는 제법 규모가 큰 호텔이다. 하지만 내 발은 옥상까지는 닿지도 못하고 로비만 비비적거리다 돌아 나온다. 이미 수영장 이용 인원이 다 찼단다. 음, 이제 너무 더운 걸. 툭툭 기사에게 돈을 내더라도 그냥 이 사람이 알아서 가줬으면. 조용하고 비싸지 않은 수영장으로 가자고 하니 기사는 3달러를 부르고, 1달러로 흥정을 본다. 툭툭에 오르자마자 바퀴는 미련없이 시내를 등진 채 굴러간다.

세번째 시도는 호텔에 딸려 있지 않은 독립된 수영장. 갖가지 나무들이 쾌적하게 수영장 주변으로 그늘을 만들고 있고, 사람은 한 명도 없다. 여기다! 입구에서 비식거리며 웃고 있는데 주인장처럼 보이는 노인이 곤란한 표정으로 다가온다. 안 돼…! 보기 싫은 예고편 앞에서 나는 제발 어떤 반전이라도 일어나길 기도한다. 갑자기 미간에 고여 있는 곤란함을 탁탁 털어내고서 "어서오세요"라고 말하는 주인장의 반전. 하지만 그런 반전은 일어나지 않고 "리뉴얼 중이라 영업 안 해요"라는 뻔한 이야기가 전개된다. 이제는 정말이지 덥다. 선심 쓰듯 봐주던 태양은 꼴도 보기 싫다. 툭툭 기사는 심각한 표정으로 눈알을 굴리더니 이내 타라고 손짓을 한다.

네번째 시도는 안타뉴 스피리추얼(Antanue Spiritual) 호텔. 거대한 철문 앞에는 가드가 서 있다. 눈이 마주쳐 반사적으로 찡긋 웃어 보이지만 그는 미동도 않는다. 그를 보고 있으니 청와대 앞에 마네킹처럼 전시되어 있는 경찰 생각이 났다. 비슷한 목줄을 찬 공무원들이 나른한 발걸음으로 오늘의 맛집을 찾아 나설 때에도, 이명박이 여기 사냐? 병신아, 그것도 모르냐? 네가 더 병신이거든? 초딩들이 그들 삶의 첫 정치 논쟁을 펼칠 때에도, 그는 작고 둥그런 유리벽 안에서 걸음을 잃어버린 사람처럼 서 있었다. 나는 그가 세상 돌아가는 이치에 어둡고, 세 끼 밥보다 가로수길에서 마시는 9천원짜리 커피가 더 배부르다고 말하는 이들의 포만감을 절대 이해할 수 없는 사람일 거라고 함부로 상상했다. 어쩌면 그는 자기도 모르게 타임머신에 밀어넣어져 21세기에 떨궈진 것일지도 모른다. 어리고 조심성 없는 천재 과학자에 의해. 기왕 가는 거 21세기가 낫지 않을까? 무책임하게

시간을 입력했던 어린이 과학자는 그날 이후 무럭무럭 자라서 더 멋진 발명품을 만들고, 학회에 참석하고, 한국 과학의 미래를 책임지느라 이 남자를 까먹었을 것이다. 그렇게 잊혀진 남자는 자신이 처한 상황을, 눈 앞의 생경한 풍경을 조금이라도 이해해 보려고 계속 아둔한 머리를 굴리는 중이다. 작고 둥그런 유리벽 안에 서서.

철문 앞의 가드는 지루한 표정으로 문을 열어준다. 문 너머로 잘 손질된 정원이 펼쳐진다. 제대로 비싸 보인다. 에휴, 싼 곳 가자니깐. 그래도 기사 아저씨의 성의가 있으니 시도는 해봐

야겠지. 반 포기 심정으로 정원을 지나 로비로 들어가니 호텔 직원은 특유의 교육받은 미소를 가득 띄우고서 다가온다. 이봐, 그렇게 웃지 말라고. 미소에 화답하지 못할 내 자갑의 송구스러움이 자꾸만 표정을 딱딱하게 만든다. 수영장 이용료가 얼마입니까? 굳은 얼굴로 대뜸 가격부터 묻는 퉁명스러운 손님 앞에서도 직원은 페이스를 잃지 않고 친절하게 대답한다. 5달러 이상의 음식이나 음료를 먹으면 수영장 이용은 무료랍니다. 뭐? 시큰둥하게 있다가 깜짝 놀라 다시 묻는다. 5달러? 5달러라고요? 네, 손님. 그의 흐트러짐 없는 미소 앞에서 나의 촌스러움은 적나라하게 드러난다. 당장 이용한다고 하면 너무 5달러에 지배당하는 사람처럼 보일까봐 괜히 늑장을 부리며 말한다. 수영장을 먼저 볼 수 있을까요? 말을 내뱉고 나니 그 말이 품은 속물같은 근성이 느껴진다. 까다로운 기준을 가진 까다로운 손님인 양 구는.

호텔 뒷편으로 나 있는 수영장은 아담하고 깨끗했다. 물 위로 반사되어 반짝이는 햇살은 곱디 고왔고, 베드벤치에는 서양 여자 한 명이 고요하게 책을 읽고 있었다. 퉁명스러운 표정도, 가격에 지배당하는 가난한 여행자의 표정도, 까다로운 손님의 표정도 벗어던지고 나는 황홀한 미소를 지었고, 직원은 변함없이 깎듯한 미소를 지었다. 맥주 주세요! 얼른 주문을 한다.

수영을 못한다. 좀더 정확히 말하자면, 몸을 띄울 수는 있는데 뭐라도 해볼라치면 볼품없이 가라앉아버린다. 그래서 물 속에서 나의 움직임은 굉장히 한정적이 된다. 몸을 둥글게 말아 잠수를 하거나 말았던 몸을 쭉 늘어뜨려 하늘을 향해 시체처럼 누워 있거나. 물 위로 몸을 동동 띄우고서 서양 여자를 흘깃거린다. 그녀는 처음과 같은 자세로 책장만 조용히 넘기고 있다. 그녀도 나를 한 번쯤 흘깃했을까? 아니면 아무 관심이 없을까? 내가 갑자기 죽어서 정말 시체가 되면 그녀는 언제쯤 내가 죽었다는 것을 알아차릴까? 하지만 풍경은 평화롭기 짝이 없고, 내가 죽을 리도 없다. 그때 호텔 투숙객으로 보이는 노부부가 수영장으로 들어왔다. 밝은 비치색 수영복 위로 드러난 늙은 여자의 살갖은 생명력을 잃고 우두커니 서 있는 고목 같다. 그 마르고 비틀어진 살갗 속에서 여전히 물과 양분이 분주하게 뛰어다니고 있을지 모를 일이지만, 이제 그것의 생사는 더이상 세상의 관심을 끌지 못한다. 고목도 세상의 관심이야 어찌 되었든 상관없을 것이다. 그녀의 앙상한 몸 위로 불룩하게 올라온 뱃살을 본다. 그것은 죽은 고목 위에 피어난 탐스러운 독버섯같이 음흉한 생기를 띤다. 내 또래의 여자들이 뿜어내는 생기와는 아주 다르다.

이제 막 '내가 늙을 수도 있다'는 사실을 알아챈 이십대 후반의 여자들이 번쩍이는 클럽에서 내뿜는 생기, 거기에는 막연한 절박함이 있다. 서른이 되면 직업이든 친구 관계든 연인 관계든 어느 하나라도 명확해지거나 그것도 아니라면 현명하거나 능숙한 사람이 되어야만 할 것 같은데, 여전히 모호하고 서툰 인생의 암호들 속에서 "젠장! 내년이면 서른이다!" 하고, "서른이 되면 이렇게 못 놀겠지" 하며 흔들어대는 그녀들과 나의 춤사위. 하지만 늙은 여자는 클럽에서 추는 춤 따위에는 관심을 끊은 지 오래다. 그녀의 뱃살은 늙고 부유한 남편과 함께 다니는 세계 여행 속에서 무럭무럭 잘 자란다. 밝은 비치색 수영복에 담겨 음흉한 생기까지 띠어가며.

낮부터

오후를 지나

밤까지

전날의 술자리

올 것이 왔다. 새벽 다섯시, 호스텔 직원이 이층침대에 널브러져 있는 나를 툭툭 건든다. 딱 죽었으면 좋겠다. 반 좀비 상태로 대충 가방을 싸매고 호스텔 로비를 어그적거리며 내려가니 나의 1일 투어 가이드 파나(Phana Rith)가 말끄러미 나를 쳐다보고 있다. 전날, 아니 전날이라기보다 두 시간 전, 새벽 세시까지 술을 마신 덕에 온몸에 푹푹 칼이 꽂히는 것만 같다. 해적 룰렛 아저씨는 피용, 하고 튀어 나가기라도 하건만. 하지만 누굴 탓하랴. 술을 마신 것도 나고, 앙코르 와트 일출을 보겠다며 새벽 다섯시에 약속을 잡은 것도 나다.

전날의 술자리는 도저히 포기할 수가 없었다. 호스텔에서 마주치는 여행자들과의 술자리였다면 다음날 일정을 생각해 포기했겠지만 상대는 현지 툭툭 기사들! 관광을 마치고 호스텔 앞에 걸터앉아 물을 들이키고 있는데 툭툭 기사들 네 명이 옆 테이블에 자리를 잡았다. 이십대로 보이는 청년이 맥주를 한 봉지 가득 사오고, 사십대로 보이는 아저씨가 무슨 멘트를 날리니 다들 깔깔거린다. 캄보디아 사람들은 정말 잘 웃는다. 미소가 아니라

아주 웃겨 죽겠다는 듯이. 뭐가 저리 재밌을꼬. 그들을 멍하니 바라보고 있으니 함께 마시자는 손짓을 한다. 내가 언제 툭툭 기사들과 술을 마셔보겠나 싶어 냉큼 합석했다.

여행 때 만나는 사람들과 하는 얘기는 좀 빤한 구석이 있다. 이름이나 직업 같은 간단한 자기소개를 거치고 나면, 서로의 나라에 대해 묻는다. 거기는 얼마나 커? 몇 명이 살아? 물가는 어때? 대부분 구글링으로 해결 가능한 질문이기도 하고, 내가 사는 곳이 몇만 제곱미터인지 몇만 명이 사는지 외우고 있지도 않고, 물가는 뭘 기준으로 얘기해야 하는 건지 모르기 때문에 나는 이 단계를 별로 좋아하지 않는다. 엄청 커. 엄청 많이 살고 있을걸. 일본보다는 싸고 중국보다는 비싸. 난 항상 멍청하게 대답한다. 서로의 나라에 대한 질문이 끝나면 여행의 목적이나 여행 때의 재밌었던 에피소드를 얘기한다. 사실 여행의 목적도, 에피소드도 듣다보면 그게 그거고, 자기 여행의 일분일초까지도 모조리 특수하고 값진 것인 양 말하는 사람을 마주할 때면 남은 에너지마저 쭉쭉 다 빨리곤 하지만, 출신국에 대한 심문보다는 낫지 싶다. 그렇게 우리의 대화는 자연스럽게 '자기소개'와 '우리나라에 대해 무엇이든 물어보세요' 단계를 지나 여행 얘기로 넘어갔다. 내 여행은 "말도 안 되게 싼 비행기 표를 구해서"로 시작해서 "베트남 어떤 도시를 가는 것보다 앙코르 와트가 더 땡겨서"를 거쳐 "오늘 엄청난 흥정에 성공했어"에 도달했다.

사원을 돌아다니다보면 표를 검사하는 직원들이 다음날 투어 가이드를 해주겠다고 나선다. 그들 모두 격일로 근무하기 때문에 내일의 부수입을 잡는 것이다. 앙코르 와트 주변 사원 정도야. 자전거로 거뜬했지만 멀리 떨어진 사원은 차로 두 시간이 걸린다고 하니 도저히 엄두가 나지 않았다. 게다가 이틀 동안 하루에 7~8시간씩 페달을 밟았으니 하루 정도는 오토바이 뒷좌석에서 편하게 드라이브를 즐기고도 싶었다. 그렇게 파나를 만났다. 파나 말고도 가이드를 제안하는 사람은 많았지만 나는 파나를 선택했다. 사실 별다른 이유는 없었고 그냥 돈 때문이었다. 좀 싸게 안 되겠냐고 물으면 가격은 잘만 내려가다가 다들 약속이라도 한듯이 꼭 15달러에서 멈추는 것이다. 가는 길이 워낙 멀어서 비싸다는 생각은 들지 않았지만, 괜히 그 15달러의 벽을 부수고 싶다. 그런데 안 부서진다. 해는 저물어간다. 이 사람도 안 된다고 하면 그냥 15달러에 해야겠다 마음을 먹고, 혼신을 다해 마지막 구라를 쳐본다.

"가난한 학생이에요."

그런데 먹힌다. 가격은 또르르 내려가 13달러를 찍는다.

나의 빛나는 흥정 실력을 자랑하려고 꺼낸 얘기인데 툭툭 기사들 표정이 심각해졌다. 그곳은 너무 멀어서 기름값만 해도 5달러는 들고 하루를 다 쓰는 일정이라 누구도 13달러에 해주지 않는다고. 갑자기 다들 형사로 빙의해서 투어해주기로 한 사람의 사진이 있냐고 묻는다. 툭툭 기사들은 서로 다 알기 때문에 사진을 보면 누군지 알 수 있다면서. 그런데 파나의 사진을 보여주니 그들의 표정은 한층 더 심각해진다.

"이 사람은 툭툭 기사가 아니야. 앙코르 와트 직원이네. 우린 이 사람을 잘 몰라. 그런데 13달러는 정말 이상할 정도로 싸. 아무도 그렇게 해주지 않는다고."

2달러 깎고 마냥 기뻐하고 있다가 덜컥 겁이 난다.
고작 2달러 때문에 죽는 거 아닌가.

♦

해자

성곽이나 고분의 둘레를 감싼 도랑. 약 200미터 폭의 해자로 둘러싸인 앙코르 와트는 마치 사원이 물 위에 떠 있는 듯한 착각을 일으킨다.

숙취와 일출

곧 떠오를 붉은 태양과의 극적인 대비로 관광객들을 감탄에 빠트릴 준비를 마친 듯 하늘은 팽팽하게 푸르다. 허나 세기의 장관으로 불리는 앙코르 와트의 일출 앞에서도 숙취는 숙취일 뿐. 일출은 둘째치고 어디 편하게 앉을만한 곳을 찾지만 그런 곳은 이미 부지런한 관광객들 차지다. 탁, 하고 건들면 쪼개져버릴 것 같은 몸을 겨우 세워놓고 하염없이 하늘만 바라보는데 애는 나올 생각을 않는다. 흐린 날씨 탓에 일몰을 보지 못했던 첫날의 기억이 겹친다. 일출 보긴 글렀구만. 배도 고프고. 일출 보기를 가볍게 포기하고 걸어 나오는데 붉은 빛이 해자 위로 슬쩍 비친다. 돌아보니 시뻘건 태양이 어느새 두터운 구름을 뚫고 빼꼼거리고 푸르렀던 대기는 따끈한 빛을 띈다. 으악, 더 기다려볼걸! 다시 들어가야겠다. 발걸음을 재촉하다가 멈춰버린다. 그 어마어마한 관광객 군단을 뚫고 전진할 자신이 없다. 지금 여기도 일출 보기에 나쁘지 않은데, 뭘. 해자 위의 다리에 나 있는 조그만 공간에 앉으면 수면 위로 앙코르 와트가 비치고, 태양도 보이고, 무엇보다 사람이 없다.

평지

끄발 스피언(Kbal Spean) 가는 길, 사방이 평지다. 붉은 토양은 어디에도 고정되지 않은 채 먼지가 되어 줏대없이 흩날린다. 별 재미없는 미국 서부 영화의 도입부 같다. 흙먼지가 한바탕 크게 휩쓸고 나면 갖은 폼을 재며 서로에게 총을 겨누는 카우보이가 나오지. 그런 영화는 쌔고쌨다. 왜 서로 총질을 해댄 건지 기억은 잘 안 나지만.

오토바이 뒷좌석에서, 파나의 뒤통수

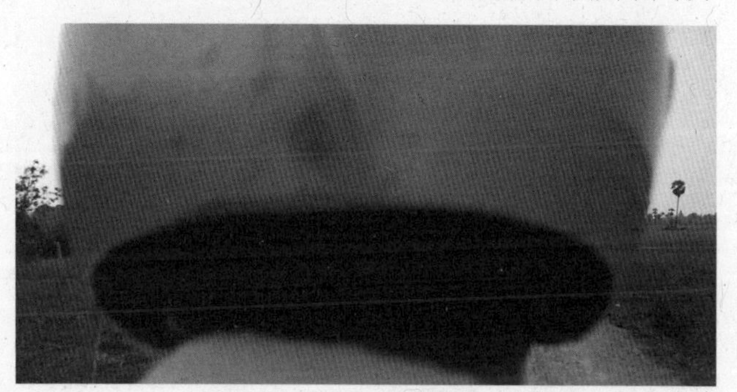

에이, 이게 뭐야. 계곡 바닥에 조각된 천 개의 남근상으로 유명한 끄발 스피언이지만 남근상 보려고 두 시간을 달려온 건 아니었다. 나는 그저 계곡 물놀이에 꽂혀 있었다. 옷 안으로 수영복까지 챙겨 입었는데 계곡은 발을 담그기 민망하게 말라 있고, 폭포는 단수되기 직전의 수도꼭지처럼 볼품없이 쿨럭거린다. 물놀이를 할 수 있다고 호기롭게 말했던 파나는 무안한 듯 말했다.

"상류로 가면 물이 있을지도 모르는데 조금만 올라가볼래?"

그의 뒤를 졸졸 따라 올라간다. 정글에서 터프하게 살아가는 마초 잡초들이 나의 맨다리를 꺼칠하게 건들며 말한다. 왜, 꼽냐? 마초 벌레가 아닌 것만 해도 감개무량이라 하나도 안 꼽다. 하지만 아무리 올라가도 계곡은 그게 그거다.

"파나, 나 수영 안 해도 괜찮으니까 우리 좀 쉬자."

그는 말이 떨어지기 무섭게 계곡 바위에 걸터앉는다.

여행 얘기는 여러모로 참 쉬운 대화 소재다. 입장 차이가 불거질 일도, 서로의 신념을 건드릴 일도 없는 소재. 그저 여행했을 때의 기분을 그리워하는 화자와 그 얘기를 들으며 자신이 여행했을 때의 기분을 그리워하는 청자만 있으면 되는 소재. 하지만 계곡 바위 위에서 무슨 얘기라도 꺼내야 했을 때, 나는 이 쉬운 대화 소재를 비껴가 자꾸만 다른 소재를 뽑아 들었다. 그에게는 어린 두 딸이 있고, 어머니를 모시고 살고, 앙코르 와트에서 자신이 높은 직급에 있다는 것을 자랑스럽게 여기고, 남들보다는 많이 벌지만 두 딸을 교육시키기엔 조금 부족하다고 느끼고, 그의 친구 몇몇은 다른 나라에서 일을 해 많은 돈을 벌었지만 그는 가족과 떨어져 살면 너무 외로울 것 같아 다른 나라로 갈 생각은 없다는 것을 알아갈 때쯤, 대화 소재는 바닥을 드러낸다. 뭐 또 없나? 그때 그가 여행 얘기를 물었다. 나는 꾸역꾸역 대답한다. 얘기가 끝나면 어떻게 자연스럽게 다른 소재로 넘어가야 할지 머리를 굴리면서.

전날, 툭툭 기사들과의 술자리에서도 자연스럽게 여행 얘기가 나왔고, 얘기 도중 나만 너무 떠들고 있나 싶어 그들에게 되물었다.

"너는 어떤 나라가 좋았는데?"

그들은 차례로 대답했다.

"다른 나라? 나는 캄보디아 다른 도시도 가본 적 없는데."

"나도." "나도." "나도."

"다른 나라들은 너무 비싸서 갈 수가 없어."

"나도." "나도." "나도."

그들은 앵무새처럼 차례로 같은 말을 했고, 또 그게 재밌는지 웃음을 터뜨렸다. 나는 뭐라 대답해야 할지 몰라 덩달아 웃었다. 그들은 각자 가보고 싶은 곳에 대해 "거기 가봤어?"라고 물었고, 그중에는 가본 나라도, 못 가본 나라도 있었다. 못 가봤다고 하면 또다른 나라에 대해 물었고, 가봤다고 하면 거기는 어땠냐고 물었다. 적절한 청자 – 여행 얘기를 들으며 자신이 여행했을 때의 기분을 그리워할 – 가 없을 때, '여행'이란 대화 소재는 무척이나 어려워진다.

캄보디아는 태국, 베트남에게 점령당했고, 프랑스에게 지배당했다가, 미국과 베트남 사이의 전쟁에서는 등 터진 새우가 됐고, 터진 등이 좀 꿰매질만 할 때쯤 폴 폿(Pol Pot)이라는 미친놈이 등장하더니 전체 인구의 1/3을 학살했다. 캄보디아는 생존자들의 나라라고 가이드북은 말했다. 캄보디아는 아시아에서 HIV 바이러스 전염률이 가장 높고, 캄보디아 사람들은 하루 벌어 하루 먹고산다고도 했다. 하지만 난 이 사실을 자꾸만 까먹었다. 그들은 항상 웃겨 죽겠다는 듯이 웃었고, 엄청나게 유쾌했기 때문이다. 나는 그런 캄보디아 사람들이 좋았기에 그들이 싫어한다는 오만한 태국 사람처럼 굴기 싫었다. 그래서 여행 얘기를 하는 내내 불안했다. 오만하게 들릴까봐.

황급히 여행 얘기를 끝내고 캄보디아와 관련된 얘기를 쥐어짜내는데 파나가 다음 행선지에 대해 물었다. 나는 캄보디아 남부 해안 도시, 시하누크빌로 갈 예정이었다.

"시하누크빌."

내 대답을 듣더니 그의 얼굴이 한층 상기된다.

"나 거기 가봤어!"

언제? 어떻게? 누구랑? 얼마나? 탈옥에 성공한 죄수마냥 허락된 질문의 자유를 만끽한다. 작년에 회사에서 몇몇 직원들을 뽑아 3박 4일간 휴가를 보내줬다며, 그는 자신이 묵었던 호텔이 얼마나 아름다웠는지 얘기했다. 네모반듯하게 접힌 수건에서 풍기는 섬유 유연제의 향, 사붓이 살결에 닿는 하얀 면 이불의 차가운 온도, 발바닥을 기분좋게 받쳐주는 슬리퍼의 단단하면서 말랑한 강도 같은 것들을 상상해본다. 여행 얘기를 하는 그의 표정은 소풍 갔던 얘기를 조잘거리는 소년 같기도 하고, 넉넉하게 노후를 보내는 노인 같기도 해서 때론 엄마처럼, 때론 손녀처럼 그의 여행 얘기를 들었다.

남근상 VS 여성의 요새

점심을 먹고, 다음 행선지인 반테이 스라이(Banteay Srei)로 향한다. 끄발 스피언과 반테이 스라이는 보통 함께 둘러보는 관광 코스다. 가까이 있어서는 아니다. 앙코르 와트에서 끄발 스피언은 29킬로미터, 반테이 스라이는 14킬로미터 떨어져 있으니 둘은 적어도 15킬로미터 이상 떨어져 있는 셈이다. 둘 사이에 어떤 공통점이 있어서도 아니다. 끄발 스피언의 남근상은 저게 남근이라니까 남근인가보다 하는 거지 사실 모르고 봤으면 지압판인가 싶었을 것이다. 하지만 반테이 스라이는 다른 어떤 사원보다 정교한 조각품들이 사원 곳곳에 새겨져 있다. '여성의 요새'로 불린다고 하니 남근상을 자랑하는 끄발 스피언과는 상극이라고 할 수 있다. 어찌 보면 아주 형편없는 중매장이가 맺어준 연을 끊지 못하고 살아가는 부부 같다. 아마 이 모든 것은 한 관광객이 무심코 던진 말에서 시작됐을 것이다.

"이왕 멀리 나왔는데 한 군데 더 들르죠."

점심도 먹었겠다 뜨뜻한 바람을 맞으며 한 시간을 달려오니 졸음이 쏟아진다. 반테이 스라이를 들어서기 전, 파나는 사원을 지키는 직원들과 잠시 인사를 나누겠다고 했다. 그들은 뭘 지키겠다는 건지 해먹 위에 나른하게 누워 있다. 뭐야, 너무 부럽잖아. 낮잠을 자고 싶다. 두 시간밖에 못 잔 피로감이 몰려온다. 가방에는 해먹이 있다. 정신없던 새벽에 나는 장하게도 해먹을 챙겼다.

"나 너무 피곤해. 잠깐만 자고 싶은데, 해먹은 어떻게 묶는 거야?" 그는 신속하게 직원들에게 끈을 빌리더니 사원 옆으로 울창하게 자란 나무 기둥에 해먹을 동여맨다. 그 모습을 마냥 지켜보고 있다가 다 됐다는 말에 벌러덩 나자빠져 금세 잠이 든다. 눈을 뜨니 30분이 지나 있다. 몸은 날아갈 것만 같다.

낮잠을 부른 점심 식사

남근상을 자랑하는 끄발 스피언

여성의 요새라 불리는 반테이 스라이

♦

기형도 시인의 시, 「조치원」의 한 구절.

그러나 서울은 좋은 곳입니다. 사람들에게 분노를 가르쳐주니까요.

붉은 사암은 굉장히 딱딱하다. 그런데 이렇게 정교한 조각 기술을 보라. 저것이 바로 앙드레 말로라는 프랑스 작가가 훔쳤다가 체포된 데바타 부조다. 동양의 모나리자다. 관광객들 사이로 가이드가 열변을 토한다. 그들은 과거의 물건에 대해 의례 과장된 칭송을 한다. 이것이 바로 과거 사람들이 밥을 담았던 그릇입니다! 대단하지 않습니까? 밥을 담다니! 본인은 너무도 진지하니 웃지 못할 촌극이다. 사실 그저 시간이 지나갔을 뿐인데 과거의 물건은 인간의 위대함에 대한 증거가 된다. 물론 거대한 앙코르 와트를 밥그릇에 비하기는 뭐하지만, 그것도 결국 같은 맥락 아닌가. 그래서 난 가끔 강남대로에 빼곡히 들어선 고층빌딩을 지날 때면 넌지시 얘기해본다. 그러니 너도 좀만 참아라. 부서지지 않고 버티기만 하면 빛 볼 날이 올 테니.

이렇게 말은 해도 나도 앙코르 와트를 보러 온 관광객이고, 그 아름다움 앞에서 충분히 감탄하고 있었다. 다만 과대 포장된 인간의 위대함, 그것이 마음에 들지 않아 투정을 부릴 뿐. 하지만 이런 투정도 오래가지는 않았다. 캄보디아 사람들에게 이곳은 인간의 위대함에 대한 증거 따위가 아니었다. 가이드도, 툭툭 기사도, 호스텔 여주인도, 길거리에서 라면을 파는 사내도, 그들 모두 이곳을 그저 사랑하고 있었다. 그들이 아득한 눈빛으로 사랑을 고백할 때, 나는 연애 한번 못해본 주제에 사랑에 대해 떠드는 문학소녀가 된 양 부끄러워졌다. 이곳은 사람들에게 사랑을 가르쳐주고 있었다. 나는 서울을 생각했다. 사람들에게 분노만 가르쳐주는 우리의 서울을.

앙코르 와트 일출을 시작으로 끄발 스피언에서 물놀이를 하고, 반테이 스라이를 들렀다가 프놈바켕에서 일몰로 마무리. 파나가 약속한 일정이었다. 반테이 스라이 관람을 끝내으니 이제 일몰만 남았구나, 했는데 유일하게 실패한 약속, '물놀이'가 마음에 걸렸는지 그는 프놈바켕이 아닌 웨스턴 바라이(Western Baray)에 가자고 했다. 이곳은 앙코르 와트에 있는 거대한 호수. 물놀이도 할 수 있고, 일몰도 볼 수 있으니 이거야말로 일거양득인가?

한참을 내달린 것 같은데 호수는커녕 드넓은 평야가 펼쳐진다. 순간 전날 툭툭 기사들의 경고가 생각난다. 이제 내가 죽는구나…… 2달러 아끼려다가 이렇게 어이없이 죽을 수도 있구나. 오토바이 뒷좌석에서 애써 태연한 척해보지만 눈알은 열심히 호수를 찾아 데굴거리고 입 안은 바짝 마른다. 내 인생 최후에 대한 망상이 부풀어 오를대로 오를 때쯤 오토바이는 웨스턴 바라이에 도착했다. 앗, 뜨거워! 선량한 사람을 의심한 벌을 받는 건지 오토바이 배기통에 종아리를 데인다. 데인 종아리의 물집이 망상처럼 볼록하니 부풀어 오른다.

호수에는 현지인들 뿐이다. 입구에는 관광버스가 좀 보였는데 아마 여행사에서 물놀이를 즐길 시간은 주지 않는 모양이다. 이곳은 바다가 없는 씨엠립에서 현지인들에게 피서지로 사랑받는 장소. 실제로 호수의 압도적인 크기 덕분에 바다라고 해도 무리가 없을 정도다. 모래사장에 마련된 평상에 앉으니 평상 주인은 검정색 고무튜브를 가져다준다. 옆은 캄보디아 대가족의 피서가 한창이다. 꼬마들은 발가벗고 뛰어다니고 할머니는 아이들의 옷을 물에 헹궈서 널어놓는다. 청춘 남녀도 보인다. 남자애 두 명에 여자애 한 명. 여자애는 튜브에 올라가 부끄러운 듯 미소를 짓고 남자애들은 튜브를 밀고 당기며 장난을 친다. 셋 사이의 묘한 긴장감이 느껴진다. 그들의 피서는 옛날 가족 사진에서 본 한국 어느 해변에서의 피서와 묘하게 닮아 있다.

이메일도 컴퓨터도 없다던 파나는 두 달 뒤 페이스북 친구 신청을 해왔다. 필름 사진을 스캔한 이미지들은 회전도 되지 않은 채 옆으로 누워 있었다. 그 어설프고도 정성스러운 페이스북 페이지는 정말 그와 많이 닮아 있어 피식, 하고 웃음이 나왔다. 메시지를 보내면 답장을 받기까지 일주일 정도가 걸린다.

CAMBODIA

SIHANOUKVILLE

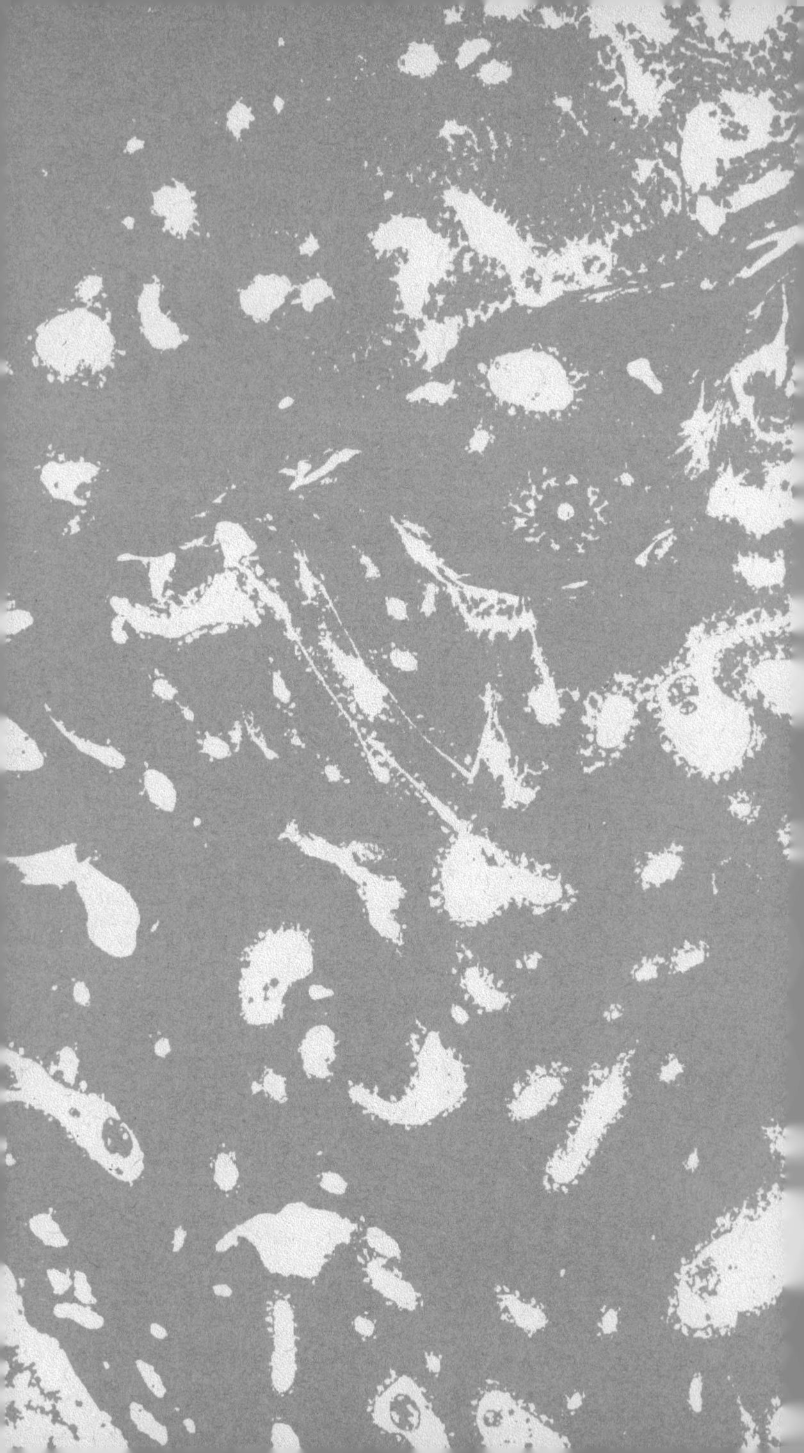

그는 분명 부딪히거나 넘어질 것이다.
해변에는 정말이지 사람이 많았으므로.

고개를 빼꼼히 내밀어 그가 떠나는 뒷모습을 바라보았다.
내가 바라본다고 해서 그가 안전해지는 것은 아니었지만
그는 왠지 보호가 필요한 사람 같았다.
그리고 그것이 내가 해줄 수 있는 최대한의 보호였다.

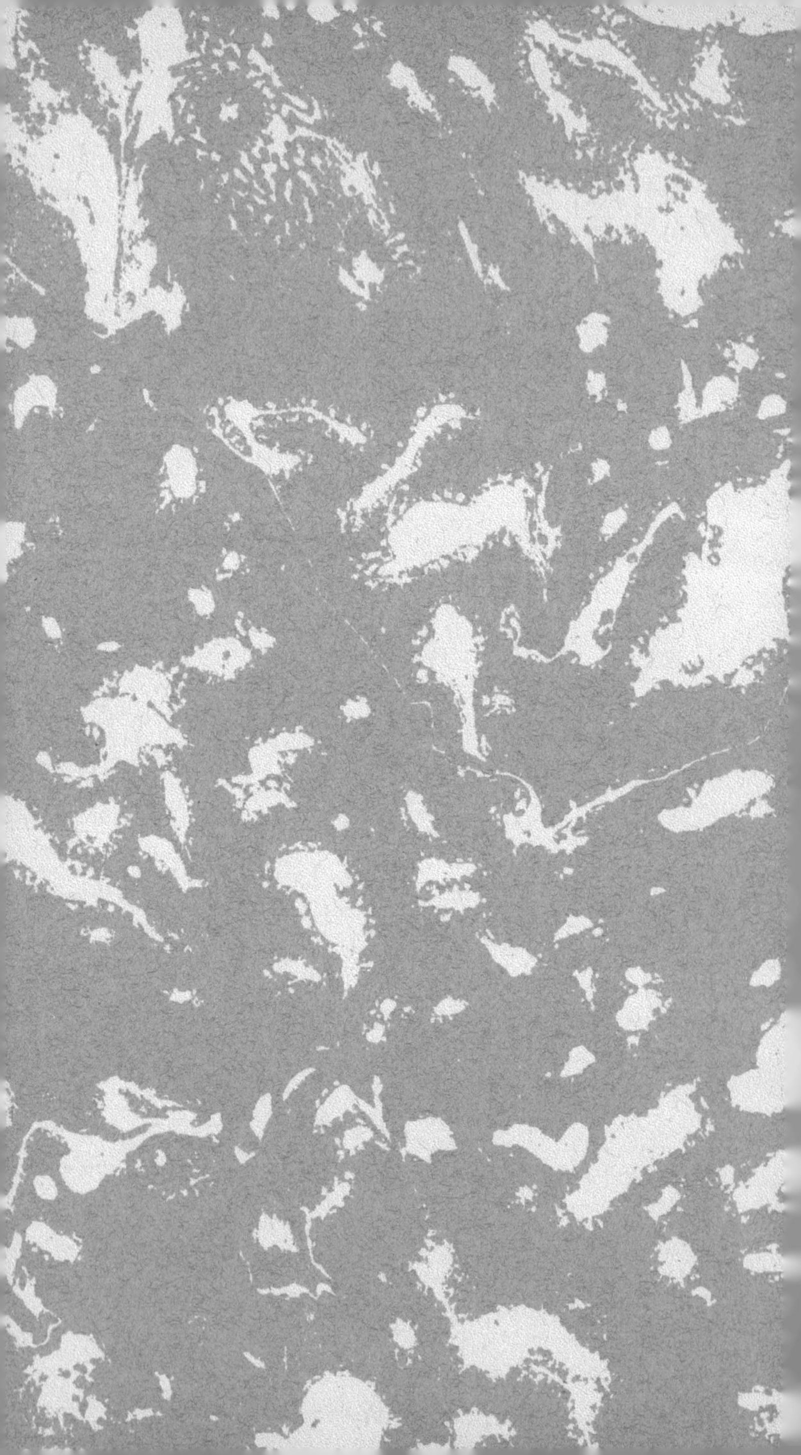

시하누크빌로 향한 진짜 이유

나는 어떤 단어에 매우 잘 현혹되는 편이다. 그 단어의 울림이 좋아서, 뜻이 좋아서, 혹은 단순히 그 단어를 처음 마주했을 때의 날씨가 좋아서 같은 여러 이유를 댈 수 있지만, 진짜 이유를 말하자면 '왠지'라는 모호한 말이 가장 명확할 것이다. 그렇다고 "나는 왠지 그 단어가 좋았어요"라고 할 수는 없으니 먼저 이 이야기를 꺼내어본다.

> 무라카미 하루키는 마우이 섬을 여행중이다.
> 여기저기를 둘러보던 그는 한 옷가게를 들어가게 되고
> 그곳에서 한 장의 티셔츠를 산다.
> '토니(Tony)'라는 서양식 이름에
> '타키타니(Takitani)'라는 일본식 성이 붙은,
> 기묘한 이름이 프린트 된 티셔츠.
> 이 티셔츠를 입을 때마다 그는 왠지 '토니 타키타니'라는
> 인물이 자신에게 무언가를 말하고 있다는 느낌을 받는다.

이것은 하루키의 단편 소설 「토니 타키타니」가 만들어진 일화이다. 소설은 나중에 영화화되기도 했는데 영화도, 소설도 첫 시작은 이렇다.
'토니 타키타니의 진짜 이름은, 정말로 토니 타키타니였다.'

콘텐츠가 미디어를 옮겨탈 때, 우리가 보게 되는 결론은 일반적으로 두 가지인 듯하다. 그 이동 과정중 심각한 장애물이 있었나 싶을 정도로 콘텐츠가 망가지거나, 매우 좋아졌는데 더이상 본래의 콘텐츠와는 아무 상관없어 보이거나. 마치 TV드라마 여주인공의 메이크 오버처럼 말이다. 하지만 영화 〈토니 타키타니〉와 소설 「토니 타키타니」는 거의 완벽하다 싶을 정도로 일치한다. 둘 사이에 문자 언어와 영상 언어에 모두 능통한 통역자가 있었던 걸까.

〈토니 타키타니〉는 그 자체만으로도 좋아할 거리가 많은 소설이고 영화이지만, 나는 마우이 섬 티셔츠 일화를 더 좋아한다. 한 권의 단편 소설, 한 편의 영화가 만들어진 이유가 '왠지'였다는 그 일화. 우리의 마음을 끌고, 그리하여 어떠한 결정을 내리게 되는 이유들을 추적하다보면 맨 앞에는 '왠지'가 버티고 서 있는 것이 아닐까. 내가 시하누크빌로 향한 이유는 사실 그 지명이 '왠지' 좋아서였다.

이런 빈약한 이유로 갔던 장소가 내게는 몇 개 더 있다. 스페인의 '그라나다', 슬로바키아의 '브라티슬라바(Bratislava)', 독일의 '라이프찌히(Leipzig)'. 어떠한 파열음도 없이 그저 입만 멍청하게 벌리고 있으면 발음할 수 있는 그라나다가 '왠지' 좋았고, 싸구려 선탠기로 그을린 피부 위에 화려한 색조 화장을 하고 무대에 오르는, 한물 간 드랙퀸(Drag queen)의 본명일 것 같은 브라티슬라바가 '왠지' 좋았으며, 삶(Life)에 대해 무언가를 깨달은 인간들만 살고 있을 것 같은 라이프찌히가 '왠지' 좋았다. 물론 이런 나의 예감과 그 장소는 아무런 관련성이 없었다. 하지만 분

명 그것은 내 마음을 끌었고, 가이드북에 나오는 어떠한 정보들보다 나를 움직이게 했다.

나중에 알게 된 맥빠지는 사실:

시하누크빌은 캄보디아 국왕, 시하누크의 이름을 딴 지명이었고, 「토니 타키타니」의 티셔츠 일화는 알고 보니 하와이주 출신 국회위원, 토니 타키타니의 선거 홍보용 티셔츠였다.

카페, 느와르

오츠띠알 비치(Occheuteal Beach)의 카페 느와르(Café Noir). 시하누크빌에서 나를 호스트 해주기로 한 카우치서퍼, 롤랜드(Roland)가 운영하는 카페다. 집보다는 카페를 찾는 것이 수월하고, 바다도 볼 수 있을 것 같아 도착하면 바로 카페로 가겠다고 했다. 내가 좋아하는 영화평론가 정성일이 만든 영화와 같은 이름이라서 괜히 반가운 기분에 새로운 행선지의 첫 장소로 선택하고도 싶었다. 카페는 소박했다. 크기도 크기지만 '카페'라는 상호에 맞게 정말 커피를 판매하고 있는 점이 가장 소박했다. 카페에서 커피를 팔지 뭘 파냐 싶겠지만 시하누크빌은 캄보디아에서 가장 유명한 해변 도시이고, 그중 오츠띠알 비치는 배낭여행객들에게 가장 인기 있는 해변이다. 당연히 관광객들도, 가게들도 가장 많고, 그 많은 가게들의 주 수입원은 당연히 술이다. 물론 카페 느와르에도 술은 있었지만 고작해야 맥주나 몇몇 기본적인 칵테일밖에 없었고, 손님들도 술을 찾는 눈치는 아니었다. '느와르'는 잘 모르겠지만 확실히 '카페'이긴 한 것이다.

카페에 도착하니 롤랜드는 안 보이고 어떤 남자가 카운터 안쪽에 앉아 우두커니 해변을 바라보고 있다. 다부진 얼굴 골격 위로 푸르다 못해 곧 깨져버릴 것만 같은 눈이 그의 인상을 어딘가 복잡하게 만들었다. 그는 빤히 나를 쳐다보더니 갑자기 생각난 듯 물었다. 너, 카우치서퍼니? 고개를 끄덕이니 롤랜드는 일이 생겨서 두어 시간 후에 돌아온다고, 수영을 해도 좋고 커피를 마셔도 좋고 편하게 기다리란다. 말이 떨어지기 무섭게 수영복을 갈아입고서 바다로 뛰어든다. 좁은 버스 안에서 구겨졌던 몸이 슬슬 풀어진다.

몸의 열기를 어느 정도 식히고 나와 물기를 닦고 있는데 카페를 보던 남자가 커피를 마시겠냐고 물었다. 나는 또 고개를 끄덕인다. 커피를 내리는 짧은 시간동안 우리는 짧게 통성명을 했다. 그의 이름은 데니스(Danis), 롤랜드의 룸메이트이자 카페를 함께 운영하는 동업자라고 자신을 소개했다. 그가 다른 얘기를 이어 가는데 나는 자꾸만 그의 얘기보다 억양에 신경이 쏠린다. 마침표를 소리로 만든다면 꼭 저럴 테지. 말의 꼬리가 단단하게 뭉쳐져 꾹, 하고 짓눌린다. 알파벳의 부드러움은 그의 입천장에 부딪혀 꺼칠한 돌기가 된다. 그가 하는 말은 무지 중요한 얘기같이 들리다가, 또 무지 시시한 농담같이 들린다. 어디에서 왔냐고 물으니 러시아. 와, 러시아 사람은 처음 만나본다는 말에 자기도 한국 사람은 처음이라며 방긋 웃는다. 뭐야, 웃으니까 되게 착해 보이잖아.

커다란 라탄 의자에 반쯤 누운 채 뜨거운 아메리카노를 마신다. 담배도 한 개비 피운다. 저 멀리서 바닷바람이 느릿한 속도로 불어온다. 갑자기 아주 평탄해져버린 기분이다. 책을 펼쳐 몇 문장을 스쳐 내려가다가 다시 멍하니 바다를 바라본다. 해변에는 거대한 아이스크림 콘이 박혀 있다. 맛은 세 가지다.
민트, 딸기, 초코.

언젠가 친구는 말했다. 세계를 이루는 도형 같은 것이 있다면, 그건 아마 삼각형일 거라고. 이유는 잘 기억나지 않는다. 꽤나 그럴듯한 이유였는데……. 하지만 누군가 "삼각관계도?"라고 물었고, 그때부터 얘기는 걷잡을 수 없는 치정극으로 빠져버렸다. 그리고 지금, 나는 왠지 그 삼각형 이론을 믿고 싶어진다.

민트, 딸기, 초코.

Café Noir

그 남자네 집

흙길이라고 해야 할까, 돌길이라고 해야 할까. 흙과 돌의 비율이 오십 대 오십이라 뭐라 명명하기 어려운 비포장도로를 걷다 보니 롤랜드의 집이 나왔다. 여행 내내 언제 봐도 질리지 않는 캄보디아의 붉은 토양이 샛파란 하늘과 만나니 물기 머금은 토마토 껍질처럼 싱싱해진다.

"자스민."

이 말을 들었을 때를 기억한다. 빈(Wien)의 어느 거리였고, 그때 나는 스물두 살이었다. 이 아름다운 식물을 앞에 두고 나는 거의 사랑에 빠질 뻔했는데, 이게 겨우 자스민이라니. 속고 산 기분이 들었다. 자스민향 비누, 자스민향 샴푸, 자스민향 섬유 유연제를 수차례 겪어오면서 나는 한 번도 자스민을 궁금해하지 않았다. 이렇게도 아름다운 자스민은 얼마나 억울했을까. 사람들이 한다는 '가공'이란 좋은 것들을 얼만큼 포기할 것인가에 대한 고민인 걸까.

　롤랜드의 집 앞, 두터운 철문을 열고 들어가니 온갖 식물들이 햇볕을 꿀깍꿀깍 삼키고 있다.

"댓츠 어 아보카도, 토마토, 바질……"

그는 걸음걸음마다 식물들을 가르키며 말했다. 자스민만큼 충격적이지는 않았지만 그것들 역시 먹기 편리하게 가공되어 용기에 가지런히 담긴 모습보다 분명 좋은 것이 많았다.

　집 뒤편으로 난 창고 문을 여니 영화 〈파이트 클럽〉, 브래드 피트의 비누 폭탄 제조공장이 머릿속을 스친다. 이곳은 폭탄까지는 아니고 핸드메이드 페이퍼를 만드는 롤랜드의 작은 공장. 지이잉. 건조한 소리를 내며 천장에 대롱대롱 매달린 전구가 켜진다. 회를 뜬 것처럼 얇은 나무살이 가득 담긴 플라스틱 백 위로 먼지가 소복히 쌓여 있다. 종이가 될 차례를 꽤 오랫동안 기다린 듯하다. 이것저것 설명해주던 롤랜드가 요즘은 카페 일이 너무 바빠서 종이 만드는 일에는 손을 못대고 있다고 했다.

주체할 수 없는 햇볕에 과다 노출된 실외와 한낮에도 동굴같이 무거운 실내. 창고뿐만 아니라 그의 집은 전체적으로 매우 어두워서 집 안으로 들어설 때면 강렬한 태양 아래 조리개를 바짝 조여대던 눈이 방향성을 잃곤 했다. 벽에는 창문이라기보다 차라리 숨구멍에 가까운 구멍 몇 개만이 뚫려 있을 뿐이다. 예전에 수용소 같은 거였나? 그나마 부엌에는 제법 큰 창문이 나 있다. 그는 방 하나를 빌려줬지만 나는 대부분의 시간을 부엌에서 보냈다. 그의 집에서 유일하게 낮도, 밤도 있는 공간.

부엌에서, 데니스

채소 스튜와 치즈 오믈렛

아침에 부스스한 모양새로 나오면 바지런한 롤랜드는 어느새 샤워를 마치고 부엌에 앉아 가지런히 머리를 빗고 있고, 데니스는 한 성질 할 것 같은 곱슬머리를 아무렇게나 풀어헤친 채 돌아다닌다. 언뜻 보기에도, 실제로도 성향이 너무 달라 썩 친해 보이지는 않는다. 공통 분모가 하나도 없으니 각자 알아서 잘 살아갑시다, 느낌이랄까. 극명하게 다른 둘의 성향은 음식에서도 드러난다. 롤랜드는 각종 채소를 곱게 썰어넣은 심심한 맛의 스튜, 데니스는 막 푼 달걀에 바게트를 북북 찢어 섞고는 두텁고 고소한 치즈를 마지막에 턱 하니 얹어내는 오믈렛. 물론 오래 살려면 롤랜드의 채소 스튜를 먹어야겠지만 내 수명 따위에 별 관심없는 혀는 데니스의 오믈렛 편을 든다.

소카, 소오카

여행지에서 도둑을 만났던 적은 딱 두 번 있었다. 한 번은 중국에서, 다른 한 번은 스페인에서. 중국 어느 관광지에서 친구와 잡상인의 물건을 구경하며 수다를 떨고 있는데 한 남자가 우리의 눈치를 살피며 자꾸 주위를 맴돌았다. 그의 서성거림은 마치 고백할 타이밍을 보는 남자의 그것처럼 한없이 쑥스럽기만 했다. 갑자기 그의 손이 친구의 외투 주머니 안으로 쑥 들어왔다. "에라, 모르겠다. 널 사랑해!" 저돌적인 고백을 받은 양 너무 놀라 그의 얼굴과 손을 번갈아 쳐다봤고, 그는 실패한 고백을 거둬들이듯 슬며시 손을 빼며 말했다. "쏘리." 아주 예의 있는 사과였다.

두번째는 스페인 지하철 안, 점심시간도 저녁시간도 아닌 애매한 시간이라 그런지 지하철 안은 한산했다. 나는 우연히 만난 한국 남자와 하루 동안 같이 다니고 있었다. 그는 아주 멀끔한 모양새로 다녔다. 짧게 깎은 머리에 깨끗한 야구모자를 쓰고, 깨끗한 하얀 백팩은 등 뒤로, 깨끗한 히프색은 허리 앞으로 바짝 돌려 맨 남자. 그는 운동화마저도 깨끗했다. 나는 입고 버릴 요량으로 길거리에서 산 2유로짜리 몸빼치마를 입고 아무렇게나 머리를 묶고, 더러운 천가방을 메고 있었다. 우리는 아무래도 일행 같아 보이지 않았다. 한 스페인 가족이 옆 칸에서 문을 열고 들어왔다. 엄마 아빠 품에 안겨 시끄럽게 울어대는 아기들, 그 뒤를 따르는 부산스러운 아이들. 한산한 지하철 안에서 민족 대이동을 연상케 하는 그들은 아주 이질적인 소품 같기도 했다. 그들은 빈 좌석을 마다하고 우리 앞에 바짝 멈춰서더니 갑자기 미친 사람들처럼 정신없이 굴기 시작했다. 아기는 빽 소리를 지르고 아이들은 아무 말이나 떠들며 뜀박질을 하고…… 이건 너무 자명하다. 그들은 이 멀끔한 남자의 히프색을 노리는 것이다. 아이들이 가방에 손을 댔다. 그런데 이 둔한 남자는 그것도 모른다. "가방 조심하세요"라고 말하니 그는 그제서야 가방을 봤고, 스페인 가족은 다음 역에서 황급히 내렸다.

결과적으로 내 물건을 노리는 도둑은 본 적도 없고, 그나마 만나본 도둑들은 하나같이 재능이 없었다. 게다가 나는 항상 가난한 여행자였다. 주머니 속뿐만 아니라 머리끝부터 발끝까지. 그래서 짐을 지키거나 도둑을 경계하는 일이 나에게는 영 쑥스럽다. 누군가 이렇게 말할 것만 같달까. "도둑들은 너 같은 가난뱅이한테 관심 없거든?"

지갑과 핸드폰은 테이블 위, 커피잔 옆, 내 앞에 있었다.
"비 케어풀 유어 월렛. 비 케어풀 유어 폰."
모두들 경고를 한다. 더이상 어떻게 해야 이것이 내 것이고, 내 팔의 사정거리 안에 있음을 알아줄까. 몇 번이나 같은 경고를 들으니 세뇌라도 당한 듯 누군가 나의 반쯤 박살난 핸드폰과 꼴랑 몇 달러 든 지갑을 훔쳐갈 것만 같다. 그리고 그 경고가 열 번을 넘어갈 때쯤, 차라리 아무라도 이 망할 놈의 지갑이나 핸드폰을 훔쳐가면 마음은 편하겠네 싶었다.

그러던 중에 소카 비치(Socka Beach)에 도착했다. 이곳은 고급 리조트가 소유한 해변으로 리조트 숙박객만 이용할 수 있는, 이른바 프라이빗 비치이지만 한쪽 끝에 일반인에게 공개된 작은 구역이 있어서 조용히 해수욕을 즐기기에 좋다. 무엇보다 곳곳에 배치된 시큐리티(Security) 덕분에 도둑맞지 않을까 마음 졸이지 않아도 되니 천국이 따로 없다. 짐을 해변에 냅다 던지고 바다로 뛰어든다. 겨우 작은 언덕 하나 넘었을 뿐인데 오츠띠알 비치의 어수선함은 온데간데없다. 유유히 카누를 타고 노는 관광객들, 쓰레기 하나 없이 깨끗한 모래사장, 반듯한 유니폼을 입고 깍듯하게 웃는 리조트 직원들…… 갈증이 나서 3.5달러나 하는 비싼 맥주를 주문한다. 맥주는 아름다운 잔에 담겨 코스터 위에 사뿐히 놓인다. 괜히 화장실도 가본다. 큼지막한 거울이 있는 세면대, 깨끗한 변기와 넉넉한 휴지, 물기 하나 없이 말끔한 바닥. 좋은 화장실은 어쩐지 굉장한 안도감을 준다. 맥주를 마시고 다시 해변으로 나와 책을 읽고 음악을 듣는다. 그러다 곧 지겨워져서 소카~ 소오카~ 되도 않는 멜로디를 붙여 흥얼거려본다. 프라이빗 비치라지만 숙박권을 보여달라는 사람도 없고, 어디까지가 일반인에게 공개된 구역인지 경계도 모르겠는데 왜 이 깨끗하고 안전한 곳에 사람이 없을까.

그때 한 히피 커플이 소카 비치에 입장했다. 삐쩍 마른 몸에 타투를 하고 드레드락(Dreadlock) 머리를 아무렇게나 올려 묶은 남자와 탐스럽게 그을린 피부 위로 화려한 뱅글을 찬 여자. 일반인이다! 괜히 반가운 마음에 말을 걸어본다.

"혹시 담배 있니?"

담배는 이럴 때 참 편리하다. 그들은 빵끗 웃으며 담배를 건낸다. 둘은 웃는 얼굴이 닮아 있다.

정전

삐비잉~, 툭. 정전이다.
방으로 들어가려다 몸이 얼어붙는다.
롤랜드! 롤랜드!
그는 슈퍼맨처럼 신속하게 비상용 랜턴을 켠다.
캄보디아에서 정전은 자주 있는 일이다.

마음짐승

여행을 떠나기 전에는 항상 교보문고를 간다. 끄적거릴 노트를, 내 손에 착 감기는 필기구를, 뒤적일 책을 구하려고. 평소에도 잘하는 일이지만 여행이 코앞으로 다가오면 그것들을 고르는 기준이 조금 달라지게 마련이다. 곧 있으면 닿을 그곳에 나를 앉혀놓고 그 앞에 노트와 필기구와 책을 배치해가며 모든 것이 조화로운가에 대해 꽤나 진지해지는 것이다. 이것이 여행 전야의 흥분감을 드러내는 나만의 방식일지도 모르겠다.

푸석하게 마른 황갈색 머리에 단추를 끝까지 채운 반팔셔츠를 입고 두꺼운 페이퍼백을 옆구리에 낀 중년 남자가 카페 느와르의 책장을 유심히 살핀다. 짠 바닷물에 엉겨붙은 머리, 화려한 비치웨어를 걸친 관광객들에게 소리없는 시위를 하는 듯한 모습에 호기심이 생겨 계속 바라보지만, 그는 책 말고는 보이지도 들리지도 않는 듯했다. 카페 느와르의 책장에는 대부분 영어로 쓰여진 책이 꽂혀 있지만, 중간중간 프랑스어와 독일어 책들이 자긍심 넘치는 유럽인처럼 고고한 자세로 버티고 있다. 한참을 이 책 저 책 뒤적거리던 그가 드디어 마음을 다잡고 책 하나를 집어든다. 그리고 책이 빠진 자리에 가져왔던 페이퍼백을 밀어넣는다. 새로운 책에 온 마음을 빼앗겼는지 그는 앞도 제대로 보지 않고 책에 시선을 고정시킨 채 걸음을 내딛었다. 불안하다. 그는 분명 부딪히거나 넘어질 것이다. 해변에는 정말이지 사람이 많았으므로. 고개를 빼꼼히 내밀어 그가 떠나는 뒷모습을 바라보았다. 내가 바라본다고 해서 그가 안전해지는 것은 아니었지만 그는 왠지 보호가 필요한 사람 같았다. 그리고 그것이 내가 해줄 수 있는 최대한의 보호였다. 용케도 그는 부딪히지도 넘어지지도 않고 잘 걸어갔다. 그가 시야에서 사라지자 나는 그가 꽂아둔 책을 꺼냈다. 『Herztier』라는 독일 소설이었다. 마음(Herz), 짐승(Tier). 학창 시절에 간간이 들었던 독일어 수업 덕분에 제목의 뜻을 짐작할 수 있었다. 마음짐승이라. 고개를 책 속에 푹 파묻은 채 걷던 그의 뒷모습과 마음짐승이라는 말이 어딘가 잘 어울린다는 생각이 들었다. 갑자기 그 책이 갖고 싶어졌다. 그를 바라보던 나의 호기심이 책으로 번져가고 있었다. 하지만 책은 교환만 가능했고, 교보문고에서 사온 책은 반 정도를 읽은 상태. 잠시 고민했지만 읽을 수 없는 책을 위해 읽을 수 있는 책을 버릴 수는 없었기에 책의 제목을 노트에 적고서 도로 꽂아 넣었다.

한국에 돌아와서 검색해보니 이미 출판사 문학동네에서 번역서가 나와 있었다. 번역된 소설의 제목은 『마음짐승』이었다.

BAR

라이브 뮤직 나잇

부슬부슬 비가 온다. 한껏 달궈진 모래사장 위, 그보다 더 뜨거운 금요일 밤을 맞이하기 위해 분주히 영업 준비를 하던 주인장들은 풀이 죽은 채 테이블을 차양 안으로 들여 놓는다. 신이 난 이들은 더운 날씨에 지쳤던 관광객들뿐. 그러나 그들도 비가 그칠 조짐이 보이지 않자 이내 조용해지더니 멍하니 해변만 바라보고 있다.

"Friday, Live music night. It's so much fun."

머릿속에는 이미 음악이 울려퍼진 듯 롤랜드가 눈을 지긋이 감으며 말한다. 카우치서퍼에게는 돈을 받지 않는 그의 참 아름다운 철칙 덕분에 매일 공짜 커피와 샌드위치를 대접받은 나는 스태프를 자청하고 나섰다. 그의 은혜에 조금이나마 보답할 길이 생겼는데 비 때문에 손님이 너무 없으면 어쩌나. 카페 느와르의 라이브 뮤직 나잇은 아무나 내키면 나와서 공연하는 식이지만 나름 고정적으로 공연하는, 모진 세상 풍파를 다 겪으신 듯한 포스의 아저씨 뮤지션들도 있다. 예술혼은 모두 정수리로 폭파시키셨는지 거칠게 부푼 중년 뮤지션들의 머리 사이로 짧게 깎은 금발머리 청년이 눈에 띈다. 태닝에 한이 맺혔거나 아침부터 생맥주를 들이부었거나 어떤 이유에서건 벌건 얼굴을 한 서양인 무리에 섞여 있었다면 눈에 띄지 않았을 텐데. 하지만 몸이나 인생이나 술에 조금씩 절여진 나른한 아저씨들 사이에 있으니 그의 싱싱한

간과 젊은 몸뚱이가 빛을 발한다. 길쭉한 손가락으로 기타를 신중하게 튜닝하던 그가 무대에 오르자 공연의 메인 뮤지션이 등장한 듯 박수가 터져 나왔고, 해변을 방황하던 몇 안되는 사람들도 뭐 재밌는 일이 있나 싶어 어슬렁 어슬렁 모여들기 시작했다.

내가 맡은 역할은 서빙과 뮤지션을 위한 팁 모으기. 사람들이 어느 정도 모이자 'Tip for Musician' 깡통을 들고 돈을 모으기 시작했다.

"너 여기서 일하니?"

다들 눈을 휘둥그레 뜨고 물어본다. 오츠띠알 비치에 늘어선 바에서는 의외로 많은 여행자들이 일하고 있다. 금의환향하려는 목적은 아니다. 일하는 조건은 가게마다 조금씩 다르지만 대부분 일하는 사람에게는 숙식이 제공되기 때문에 긴 여행중에 돈을 아끼며 머물 곳을 찾는 이들에게 이보다 더 좋은 조건이 없는 것이다. 어차피 밤에야 해변에서 술 마시는 게 전부인데 바 안쪽에 있든 바깥쪽에 있든 별 상관없지 않은가. 해변을 돌아다니다보면 심심찮게 바텐더 구인 글을 볼 수 있다. 조건은 단 하나뿐이다. 'Western People.' 관광객들 중에는 동양인도 있지만 서양인이 압도적으로 많기 때문에 그들과 비슷하게 생긴 사람을 세워놓는 편이 장사가 잘 되나 보다. 어쨌든 이렇게 대놓고 인종 차별을 하는 구인 글을 보면서 기분이 나쁘기는커녕 속이 시원한 느낌이 들었다. 우리는 푸른 눈에 금발 머리의 사람이 필요합니다. 거짓말이 하나도 없는, 저 뻔뻔한 솔직함이란! 업계의 상황이 이러하니 검은 눈에 검은 머리 여자애가 서빙하는 것을 괴상하게 쳐다보는 것도 알 만하다. 나는 웃으며 대답한다.

"아니, 그냥 오늘 하루만 도와주는 거야."

그들은 아직 잘 모르겠다는 눈치지만 팁은 후하게 준다.

공연은 저녁 열시 정도에 끝이 났다. 뒷정리를 하는데 뮤지션 아저씨 중 한 명이 공연을 도와줘서 고맙다며 말을 걸었다.

"난 좀더 해변에 있을 건데 너도 더 있고 싶으면 같이 다니자."

집으로 돌아가기엔 아쉽고 그렇다고 혼자 해변에 남기에는 무서웠던 참이었다. 안전에 대한 약간의 강박증이 있는 롤랜드가 끊임없이 들려준 끔찍한 범죄 얘기 때문이었다. 샛빨간 셔츠 위로 땀과 기름이 번들거리는 뮤지션 아저씨는 그리 신뢰감을 주는 외모는 아니었지만 그렇다고 해를 끼칠 것 같지는 않았고, 아무래도 동행이 있는 편이 안전할 것 같아 그러자고 했다. 해변에 좀더 있겠다고 하니 롤랜드는 내 눈을 똑바로 쳐다보며 음절마다 힘을 실어 말했다.

"명심해. 여긴 스위스도, 한국도 아니라는 걸."

롤랜드가 들려준 범죄 얘기만큼은 아니었지만, 밤의 해변은 꽤 위험해 보였다. 어떤 해변인들 밤에 위험하지 않겠냐마는. 원나잇 상대를 찾기에 혈안이 된 사람들은 무겁게 비틀거리고, 약에 취한 젊은 애들은 텅 빈 각막으로 아무 곳이나 응시하다가 웃음을 터뜨린다. 왜 웃긴지는 아무도 모른다. 꺽꺽거리며 웃긴 이유에 대해 설명하려다가 자기도 그 이유를 찾지 못한다. 그것이 또 우스운지 다시 웃어 젖히다가 다시 텅 비어버린다.

갑자기 누군가 내 손을 가로챈다. 깜짝 놀라 황급히 손을 빼고 쳐다보니 모델 빰치게 생긴 캄보디아 여자애가 서 있다. 그녀는 다시 내 손을 잡아끈다. 엥? 엉겁결에 그녀와 춤을 춘다. 얼굴도 예쁜 애가 춤도 잘 춘다. 그녀가 귓속말을 한다. 술집의 시끄러운 음악 소리에 묻혀 잘 들리지 않는다. "What?" 그녀는 목소리를 한껏 키워 외친다. "Guys are so stupid!" 춤을 추다가 자지러지다가 남자들을 욕하던 그녀는 어떤 금발머리 외국인과 짧은 대화를 하더니 유유히 해변을 떠났다. 그녀의 두 배 정도 되는 몸집의 사내였다. 북실북실한 그의 손이 그녀의 가는 허리에 감겼다. 빨간 셔츠의 뮤지션 아저씨는 새벽 두시가 되자 정직

한 얼굴로 말했다.

"나는 오늘밤 잠자리 상대를 찾을 거야. 너는 안 되겠지?"

오늘밤 옆자리를 채워줄 누군가를 찾아 떠나며 그는 덧붙였다.

"롤랜드에게 말하지 마. 우린 서로 잘 모르기도 하고 그 사람은 왠지 남을 멋대로 판단할 것 같으니까."

매춘은 나쁜 것이라고 잣대를 드리울 만한 도덕적 고집이 나에게는 없었다. 오히려 천박한 왜곡으로 굽어진 이 해변에서 있을지 모르는 위험을 경계하며 겨우 맥주 한 잔을 꼴깍 넘기고 있는 나보다, 거대한 철문에 자물쇠를 서너 개씩 채우고 사는 롤랜드보다 그들이 더 나은 인간처럼 보였다. 그녀와 그가 머릿속에 오랫동안 맴돌았다.

CAMBODIA

KOH RONG SAMLOEM ISLAND

점심을 먹고 나서 산책을 하고 수영을 하고
해변에 앉아 맥주를 마셨다.
마지막 날 치곤 꽤 특별하지 않은 오후를
보내고 있다는 생각이 들었다.

이곳에서 아주 오랜 시간을 살았던 누군가의 일상을
잠시 훔쳐쓰고 있다는 생각도 들었다.

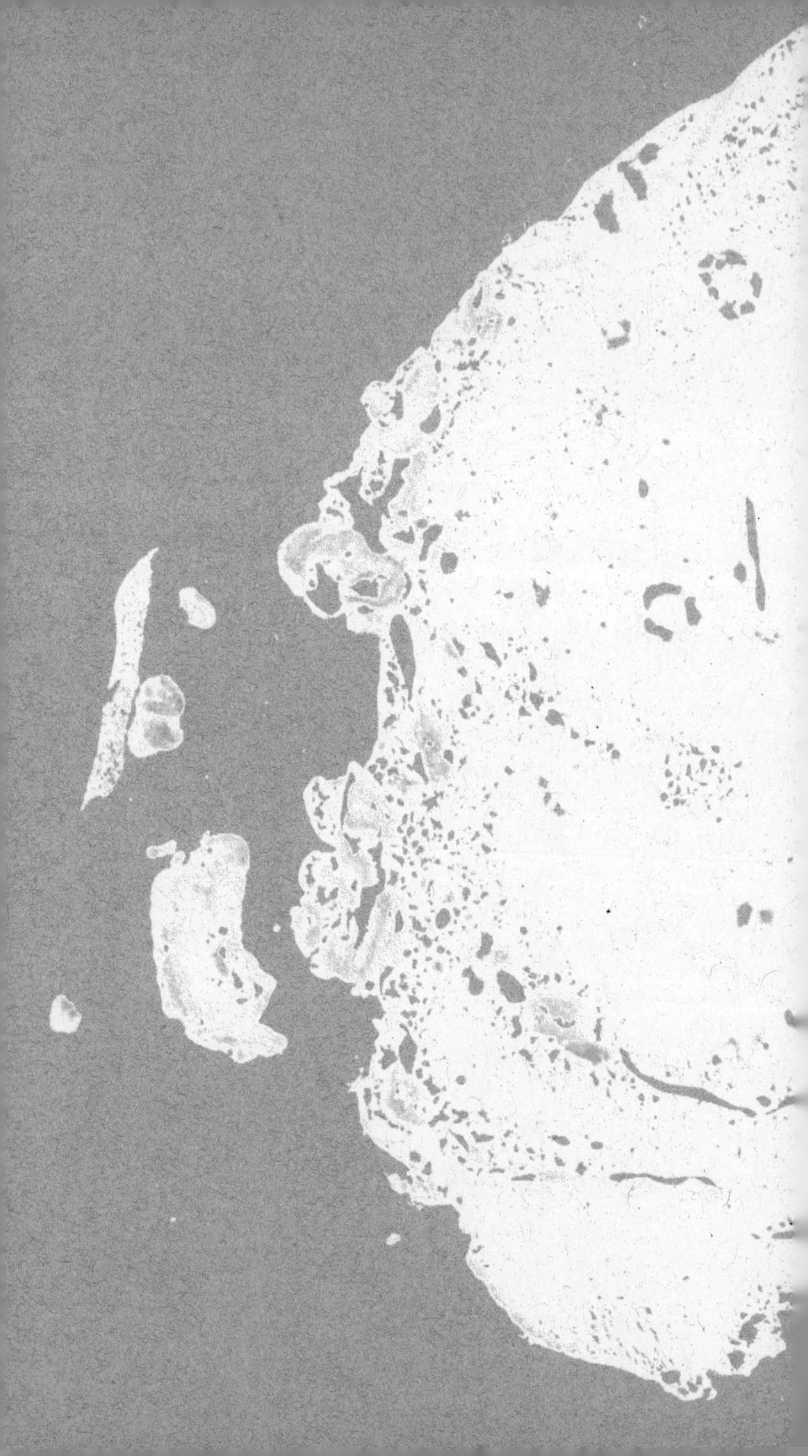

이성과 책임감을 버려

섬에 들어가고 싶은데 현실적으로 불가능했다. 여기서 '현실적으로 불가능했다'는 말은 수중에 60달러가 남아 있었다는 얘기다. 그중 20달러는 한국행 비행기를 타기 위해 호치민으로 돌아갈 버스 티켓 값, 섬으로 가는 배삯 20달러, 나머지 20달러 중 10달러는 설상가상으로 베트남 돈이다. 결국 쓸 수 있는 돈은 10달러, 여행 기간은 4일이 남은 상태다. 이를 어쩌나. 헐리우드의 대표적인 성격파 배우 잭 니콜슨은 그의 대표작 〈이보다 더 좋을 순 없다〉에서 이런 명대사를 날리셨다.

"이성과 책임감을 버려."

그렇게 나는 이성과 책임감을 버리고 꼴랑 10달러를 손에 쥔 채 배에 올랐다. 더 싼 배삯으로 갈 수 있는 가까운 섬도 있었지만 데니스의 여행에 끼어가는 처지라 내가 목적지를 바꿀 수는 없었다. 그와 함께 가는 것이 뭐 그리 중요했냐 묻는다면 역시 돈 때문이었다. 음식이야 먹는 양을 줄이면 되지만 숙박은 자는 시간 줄인다고 숙박료를 깎아줄 리 없으니 어떤 섬도 내 예산으로는 갈 수 없었다. 물론 데니스는 물질 따위 부질없다고 득도하신 후 무소유를 실천하는 분이시니 숙소 예약 따윈 하지 않았다. 그는 하루에 25달러나 하는 좁은 방갈로에 코웃음을 빵 날리고는 넓은 대자연을 온몸으로 품을 수 있는 모기장을 준비했다. 부러운 듯 쳐다보고 있으니 네 것도 챙겨줄까 묻는다.
숙박이 해결됐다.

웰컴 투 파라다이스

두 시간 배를 타고 나오니 모든 것이 극도로 한적하고 깨끗해서 괴상한 기분이 든다. 배는 섬을 지척에 두고 멈췄다. 섬에 더 가까이 가려면 작은 배로 갈아타야 한단다. 그런데 갈아탄 작은 배는 뭐가 쑥스러운지 감히 섬 쪽으로 다가가지는 못하고 서성댈 뿐이다. 파도에 배가 뒤척이자 배를 갈아탄 시점부터 불만을 멈추지 않던 큰 체구의 서양 여자가 급기야는 폭발했다.

"도대체 뭐하는 거야! 섬이 바로 저기 있는데! 앞으로 가라고요!"

하지만 선원들은 그 이상한 서성거림을 멈추지 않는다. 한참을 그러더니 배가 멈췄다. 계속 서성거리던 자리와 무슨 차이점이 있는 건지 전혀 모르겠지만 선원들은 만족하는 눈치다. 자, 이제 내리세요. 응? 뭐라고? 지금 바다로 뛰어들라는 거야? 그때 갑자기 데니스가 섬에 대고 소리를 질러댄다. 윌! 윌! 해변에서 어떤 남자가 뿅 튕겨져 나와 우리 쪽으로 돌진한다. 헉, 웬 미친놈이지. 데니스는 바다로 뛰어들더니 그 청년과 끌어안고 난리가 났다. 서양 여자는 2차 폭발을 한다.

"아니, 왜 수영복을 챙겨 입으라고 미리 얘기를 안 했냐고!"

그러게. 속으로 맞장구를 친다. 사람들은 우물쭈물대다가 나름의 스킬을 발휘해서 수영복을 갈아입기 시작한다. 좁은 배 안에서 서로의 몸이 닿지 않는 안전 거리에 신경을 곤두세우며 천 속에서 몸을 꼼지락거리고 있자니 어처구니가 없어 웃음이 나온다.

도대체 나는 여기서 뭘 하는 건가. 물은 허리 정도의 높이라서 수영을 못하는 나는 감지덕지다. 사람들은 저마다 머리에 가방을 하나씩 이고 무거운 물살을 가르며 해변 쪽으로 나아간다. 마치 바다 위에 불시착한 비행기에서 살아남은 생존자들이 섬에 표류하게 된다는 영화의 첫 장면같다. 물론 그들이 비키니를 입고 있을 리 만무하지만. 섬에는 작은 플래카드 하나가 걸려 있다.

Welcome to Paradise.

윌

훌륭한 바텐더, 윌(Will). 음악을 선곡하는 그의 방정맞은 손놀림, 칵테일을 만드는 동시에 까딱까딱 리듬을 타는 그의 통통한 몸뚱이를 보고 있자니 가슴이 간질간질해진다. 어깨에 닿을락말락 동글하게 말린 곱슬머리에 동글한 안경. 낯이 익다. 캄보디아 외딴 섬에서 바텐더하는 양반을 어디서 봤을 리 없건만. 한참을 보고 있다가 이 익숙한 느낌이 그가 아닌 그의 안경 때문이라는 것을 깨달았다. 그러고 보니 이제까지 캄보디아에서 안경 쓴 사람을 단 한 명도 보지 못했다. 도시에서 왔을까 싶어 물어보니 역시나 뉴욕, 심지어 파슨스에서 그래픽 디자인을 전공했단다. 뉴욕에 파슨스 그리고 캄보디아 외딴 섬의 바텐더라니. 무리해서 쓰인 소설의 치기어린 반전같다. 누군가 토를 달면 이 캐릭터가 원래 그래요, 하며 궁색한 변명을 늘어놓겠지. 하지만 그의 유년 시절 얘기를 듣고 나니 오히려 뉴욕과 파슨스가 그의 인생에서 가장 생뚱맞고 기괴한 사건이 아니었나 싶다.

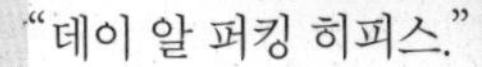

"데이 알 퍼킹 히피스."

그는 부모님에 대해 아주 명료하게 설명했다. 어딘가 쾌활한 느낌마저 들었다. 그의 고향은 생전 처음 듣는 지명이었다. 볼 거라곤 숲밖에 없는 아주 심심한 곳이라고, 그는 또 명료하게 설명했다. Peace & Love를 그의 가지런한 이마에 새겨주고 싶을 만큼 히피 부모님의 피를 고스란히 물려받은 그는 여차하면 속이 훤히 비치는 바닷속으로 첨벙 뛰어들곤 했다.

섬

섬의 해변은 꽤 넓지만 경이로울 만큼 단순해 보인다. 하늘, 물, 모래. 바람만이 간간이 그 사이를 돌아다닐 뿐이다.

이걸 할까, 저걸 할까, 무엇을 놓쳤을까, 무엇을 잡아야 할까. 나는 이런 기초적인 삶의 질문들 앞에서 여전히 초보자처럼 초조해졌다. 이걸 해야 했는데 저걸 했고, 그것을 잡으려다가 갖고 있던 것을 놓쳐버린 것만 같은. 어디에선가부터 복잡하게 엉켜버린 실매듭을 풀어야 하는데 선천적으로 통통한 손가락을 갖고 태어난 사람의 인생은 어느 시점부터 슬퍼해야 옳을까.

이제는 좀 무뎌지라고, 그럴만한 때도 되지 않았느냐고, 묻던 세상의 냉소는 거대하고 단순한 풍경 앞에서 할 말을 잃은 듯하다. 왠지 나의 나약한 세계도 괜찮을 거라는 기분. 얼마만일까. 이다지도 정당한 이유없이 위안을 받는 순간이.

게으른 해변, 정글 그리고 발광 플랑크톤

"섬 반대편에 있는 레이지 비치(Lazy Beach)에 가자. 거기는 파도가 잔잔해서 발광 플랑크톤이 엄청 잘 보여. 가는 길 중간에 정글도 있는데 손전등으로 비추면서 가야 해. 진짜 재밌다고."
체감 시각 새벽 한시, 옆에서 맥주를 마시던 남자가 대뜸 새벽 정글 탐험을 제안했다. 사실 저녁 열시 정도였지만 24시간 번쩍거리는 도시에서 온 사람에게 빛이 박멸된 공간은 반사적인 두려움을 준다. 그곳이 제아무리 평화로운 섬이라 할지라도. 게다가 아는 거라고는 아르티스(Artis)라는 이름뿐인 남정네와 발광 플랑크톤을 보러 정글을 지나간다니. 어떤 가이드북에도 술집에서 만난 사람과 늦은 시간에 발광 플랑크톤을 보러 정글을 가지 말라는 주의사항은 없다. 이런 아무도 하지 않을, 위험하기 짝이 없는 짓을 경고하는 데에 지면을 낭비할 수는 없을 테니. 하지만 발광 플랑크톤은커녕 제대로 된 자연산 물고기조차 본 적 없는 나는 자꾸만 흔들렸다. 해변 이름도 한몫했다. Lazy Beach. 해변에서 취해야 할 태도를 이름으로 만들어버리다니! 게다가 정글…… 디스커버리 채널 〈MAN vs WILD〉의 베어 그릴스가 섹시하게 정글을 헤치는 모습이 눈앞에 아른거린다. 하지만 불과 두 달 전, 시하누크빌에서 멀지 않은 깜폿(Kampot)이라는 지방에서 프랑스 여자가 살해되었다는 흉흉한 소문이 발목을 잡는다.

어찌 할까 고민하며 죽상을 하고 있으니 그는 윌을 꼬드긴다. 사실 내가 윌을 잘 아는 것도 아니지만 그래도 데니스와 친한 사람이니 조금 안심이 된다. 그렇다고 내가 데니스를 잘 아느냐? 그것도 아니지만 어차피 전부 모르는 사람들 사이에 있을 때 믿음은 항상 상대적인 기준을 따른다. 어쨌든 섬에서 나의 가장 깊은 신뢰를 받고 있는 데니스는 저녁 여덟시가 되자 평상 위에 모기장을 쭉 펼치더니 잠이 들어버렸다. 그가 간다고 했으면 이런 고민도 하지 않았을 텐데…… 남의 속도 모르고 잠이나 퍼자는 그가 원망스럽다. 믿었던 윌마저 새벽 세시까지는 가게를 지켜야 한단다. 최악의 상황을 상상한다. 알고 보니 이 사람은 싸이코패스, 난 온몸이 갈기갈기 찢겨져 해변에 나뒹굴겠지. "개, 캄보디아에서 죽었대." 나를 아는 누군가는 이렇게 말할테고…… 이상하게도 최악의 상황을 상상하면 마음이 편해진다. 어쨌든 예상 안의 일이라고 느껴져서일까. 예상 안의 일이라고 해도 죽기 전에 고작 "윽…… 이럴 줄 알았어……"라고 말하는 것이 전부겠지만. 결국 유혹을 이기지 못하고 따라 나섰는데 정작 걱정해야 했던 대상은 아르티스가 아니었다. 어둠 말고는 아무것도 없는, 깊이도 가늠하기 힘든 정글이 막상 눈앞에 닥치니 플랑크톤이고 뭐고 그냥 정자 앨런 흉내나 내면서 그만두고 싶다.

우디 앨런의 영화, 〈당신이 섹스에 대해 알고 싶었던 모든 것〉에서
정자로 열연한 우디 앨런

거대한 벌레의 내장 속으로 들어가면 이런 기분일까. 적막하리라 예상했던 밤의 정글은 곤충들이 내는 소리로 가득 차 있었다. 귀를 따갑게 울리는 소리를 따라 손전등을 비추니 나뭇잎들이 시끄럽게 행진중이다. 뭐지? 쪼그려 앉아 몸을 한껏 수그리니 나뭇잎 아래에서 부지런히 움직이는 개미떼가 모습을 드러낸다. 차르르~ 차르르~, 셰이커 안의 쌀톨들처럼 나뭇잎에 고 작은 몸을 부딪혀 내는 소리가 너무 크고, 또 너무 절박하다. 구조 요청을 하는 건가? 헉. 이러다 사돈에 팔촌 개미떼들이 다 몰려드는 것 아닌가. 우리는 황급히 자리를 뜬다.

고밀도의 빽빽한 정글을 벗어나니 백야처럼 훤하다. 말없이 아늑하고 듬쑥한 달빛을 받아 그림자가 또렷하게 생긴다. 말 그대로 달'빛'이다.

"아르티스, 이거 봐봐! 그림자!"

달이 빛을 내는 것을 몰랐냐는 듯 그는 대수롭지 않게 넘긴다.

잔잔한 바닷속에서 마구 몸을 흔든다. 온몸으로 녹색 광선이 쏟아진다. 빛이 잠잠해질라치면 팔을 휘휘 저어본다. 빛은 내 팔을 부지런히 좇는다. 초능력자가 된 기분. 에네르기파를 쏴본다. 손끝에 빛이 모였다가 금세 사라진다. 맥주를 입 안에 머금고 몸을 둥둥 띄워본다. 귓가에 바닷물이 들락날락거리며 내는 먹먹한 소리와 목구멍으로 맥주가 꼴깍 넘어가는 소리뿐이다. 지금 몇 시지? 나름 시간을 가늠해 보다가 문득 내 자신이 우스워진다. 이것보다 더 쓸모없는 질문도 있을까 싶어서. 새벽 두시면 어쩔거고 세시면 어쩔거냐. 파도도, 빛도 그리고 시간까지도 또렷하게 사라져버린 바다는 그저 '바다'다. 아주 단순하고 명료한 명사. 마치 세 살배기의 그림 단어장 같다. '바나나'라고 쓰여져 있고 '바나나'만이 그려진.

낮 동안 햇볕을 잔뜩 받은 몸은 금방 방전된다. 이 노곤한 몸을 이끌고 다시 정글을 헤쳐가야 하다니…… 암흑의 공포도 피곤함 앞에서는 장사없다. 터덜터덜거리며 정글을 지나 해변으로 돌아오니 온몸이 쑤신다. 모기장을 펼칠 생각을 하니 짜증이 솟구친다. 망연자실 모기장을 바라보고 있으니 그가 웃음을 터뜨리며 말했다.

"난 괜찮으니 내 방갈로에서 자도 돼. 매트리스는 넓으니까."

재고 자시고 하기에는 쓰러지기 일보 직전이라 두말 않고 그의 호의를 넙죽 받았다. 방갈로 매트리스에 몸을 뉘이자마자 누가 먼저랄 것도 없이 곯아떨어진다.

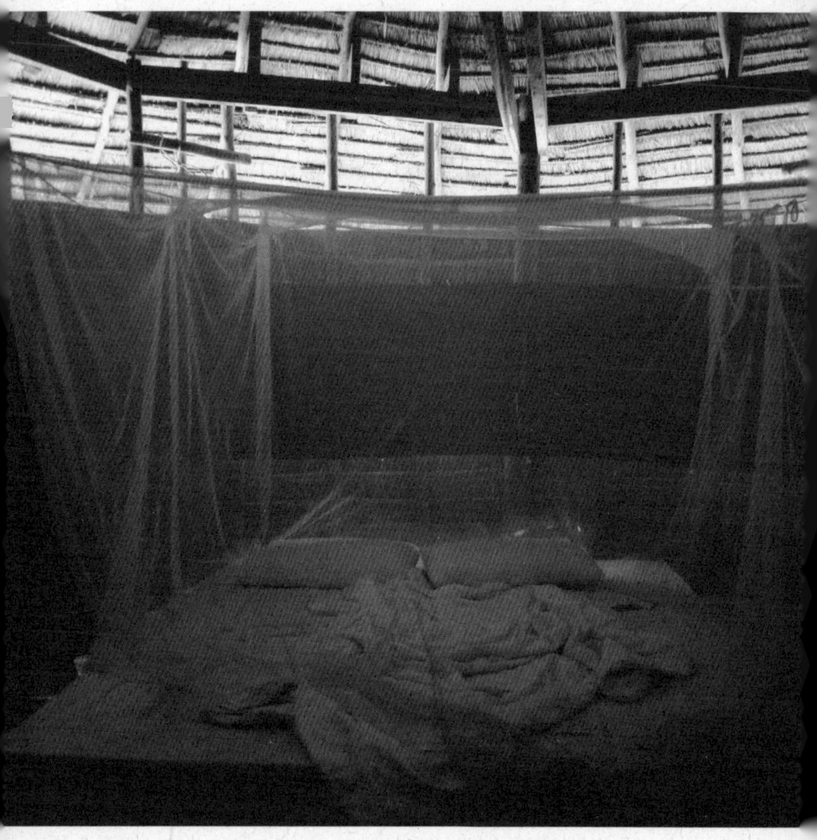

아침, 방갈로

지붕과 벽 사이의 틈 말고는 창문이라고 할 만한 것이 없는 구조 때문에 방갈로 안은 아침부터 열이 오르고 있었다. 빨리 바깥 바람을 쐬고 싶다. 여긴 정말 짐을 놓고 잠만 자는 용도구나. 바로 앞에 에메랄드 빛 해변이 펼쳐져 있는데 누가 방갈로에서 시간을 때우겠냐마는, 그래도 하루에 25달러나 되는 숙소라면 좀더 쾌적해야 하는 것 아닌가. 공짜로 잤기에 망정이지 내 돈 내고 잤으면 억울할 뻔했다. 그래도 이왕 방갈로에서 잤으니 사진이나 남기자 싶어 셔터를 눌러대는데 아르티스가 깨어났다.

"아, 배고프다. 뭐라도 먹자."

그 말을 듣자마자 참을 수 없는 허기가 몰려온다. 허나 수중에는 입에 담기에도 민망한 돈, 8달러뿐이다. 데니스와 함께 먹은 음식과 술값은 섬을 나갈 때 한꺼번에 계산하려고 외상을 해놓은 터라 남은 8달러마저도 함부로 쓸 수 없다. 어제 내가 먹은 것들은 8달러를 넘으면 넘었지 밑돌 리 없을 테니.

"나 돈이 별로 없어서 싼 거 먹어야 돼."

얼마가 있냐는 질문에 8달러라고 대답하니 미친 거 아니냐고 되묻는다. 여행 기간도 남았다며? 어떻게 하려고 그래? 그래도 믿는 구석 하나는 있다. 긁을 수는 있지만 돈을 찾지는 못하는 반쪽짜리 신용카드를 챙긴 나의 반쪽짜리 준비성! 카드 결제가 가능한 가게는 거의 없었지만 다행히도 롤랜드가 가는 마트는 카드 사용이 가능했고, 그는 사정을 듣더니 내 카드로 결제하고 현금을 줬었다. 300달러 정도 되는 전체 예산과 신용카드 얘기 그리고 어쨌든 이 여행에서는 죽지 않고 잘 돌아갈 거라는 남은 여행 계획을 들려주니 그는 팔자눈썹을 그리며 말했다.

"You pool thing…… I'll buy you a breakfast."

대충 세수를 하고 해변으로 나오니 데니스는 이미 수영을 한바탕 마치고 몸을 말리는 중이었다. 우리 셋은 아침을 먹기 위해 새벽에 지나왔던 정글을 다시 지나 게으른 해변으로 향했다.

그와 그녀의 이야기

아르티스는 고등학교 시절에 만난, 하이스쿨 스윗하트와의 9년간의 연애를 막 끝낸 상태였다. 1년만 채우면 강산도 변할 시간이라고 했지만 그는 무슨 말인지 모르겠다는 표정을 지었다. 속담이 영어로 뭔지 몰라 "베리 베리 롱 타임"이라고 얼버무렸다.

육지로 돌아갈 배를 기다리는 동안 그녀의 얘기를 많이 들을 수 있었다. 그가 딱히 그녀 얘기를 했다기보다 그의 모든 얘기에 그녀가 배어 있었다. 9년의 시간이란, 그의 취미가 그녀의 취미가 되고, 그의 친구가 그녀의 친구가 되고, 그의 장소가 그녀의 장소가 되는, 그런 시간이었을 것이다. 자신의 얘기가 그녀의 얘기로 빠지는 순간을 경계하던 그도 어느새 본격적으로 그녀 얘기를 하기 시작했다. 그가 내세운 그녀의 장점은 '아름답다(그녀는 모델이었다)' '자신을 제일 잘 아는 인간 같다' '자신의 친구들과 잘 지낸다'였고, 단점은 '직업 때문이겠지만 너무 외모에 신경을 쓴다' '자기가 무엇에 화가 나는지 알면서도 고치지 않는다' '헤어지니까 같은 친구를 둔 것이 불편하다'였다. 묘하게 서로의 꼬리를 물고 있는 그녀의 장점과 단점 때문에 그는 무한루프 상태에 갇힌 듯했다. 무한루프는 루프문에 종료 조건이 없거나 종료 조건과 만날 수 없을 때 생긴다. 그의 순정의 종료 조건은 어디에 숨어 있는 걸까.

굿바이, 아일랜드

무거운 엔진 소리를 내더니 서서히 배는 섬에서 멀어진다. 겨우 하루만 머물렀다는 사실이 부끄러울 정도로 섬은 아름답게 반짝이다가 금세 얇아지고 흐릿해진다. 멀고 먼 산처럼. 그리고 섬을 그리워하며 감상에 젖을 틈도 없이 납덩이 같은 졸음이 쏟아진다.

무언가를(아마도 쓰레기) 태우는 사람들은
캄보디아 어디에서든(심지어 섬 안에서도) 쉽게 볼 수 있다.

땡큐, 슈가대디

그냥 누군가에게 엎어져서 울고 싶을 때 세상은 도무지 '그냥'이라는 이유를 유연하게 넘기지 못했다. '인간애'라는 말은 너무 거창해서 사용할 엄두가 나지 않았고, "내가 조금 기댄다고 해서 너가(세상이) 무너지는 것도 아니잖아"라고 말할 정도로 뻔뻔하지도 못했던 것 같다. 나는 이런 이유들로 매사에 긴장하곤 했다. 남에게 피해를 주지 않기 위해. 울지 않기 위해. 보다 유쾌해지기 위해. 어쩌면 때늦은 반항일지도 모른다. 여행을 할 때에 무얼 좀 도와달라는 말이 참 쉽게도 나오는 것은. 조금만 머리를 굴리면, 혹은 조금만 더 부지런하게 굴면 스스로 해결할 수 있는 문제 앞에서도 나는 한없이 어리광을 부리게 된다. 너가 좀 도와주면 안 돼?

배가 오츠띠알 해변에 닿자마자 아르티스와 나는 여행사로 달려갔다. 그는 비자를 갱신해야 했고, 나는 다음날 호치민에서 출발하는 귀국 비행기를 타기 위해 호치민행 버스 티켓을 예약해야 했다. 티켓을 예약하고 나니 밑도 끝도 없는 허기가 몰려온다. 해변 앞 레스토랑에 앉아 바베큐를 게걸스럽게 먹어치우는데 그가 말했다.

◆

슈가대디(Sugar Daddy)

젊은 여자와 육체적인 관계를 맺으며 물질적 보상을 주는 늙고 부유한 남자를 말하는 속어.

"너가 묵는 곳이 해변에서 좀 멀다고 했지? 너가 원하면 내가 묵는 호스텔에 있어도 돼. 어차피 침대도 두 개라서."

입 안 가득 고기를 물고서 별 고민도 없이 좋다고 고개를 끄덕였다. 해변에 최대한 오래 있다가 따뜻한 물로 샤워를 하고 보송한 상태로 버스에 오르고 싶었고, 섬 안의 방갈로에서 같이 잠을 자도 별 일이 없었는데 새삼 경계할 게 뭐 있나 싶었다.

"와…… 방갈로에 아침식사랑 저녁식사, 맥주 그리고 이제는 호스텔까지. 너 내 슈가대디* 같다."

"하하. 정글도 같이 가줬는데 슈가대디 해줄게. 이틀 정도는."

마지막 날, 일어나자마자 카페 느와르로 가서 롤랜드에게 감사 인사와 작별 인사를 했다. 그는 끝까지 안전하게 다니라고 말했다. 그는 분명 이지고잉(easygoing)하고 재밌는 사람은 아니었지만 난 그의 걱정이 고마웠다. 동시에 그가 조금만 걱정을 덜고 스스로에게 편해졌으면 좋겠다고 생각했다. 롤랜드와 헤어지고 나서 아르티스와 늦은 점심을 먹었다. 점심을 먹고 나서 산책을 하고 수영을 하고 해변에 앉아 맥주를 마셨다. 마지막 날 치곤 꽤 특별하지 않은 오후를 보내고 있다는 생각이 들었다. 이곳에서 아주 오랜시간을 살았던 누군가의 일상을 잠시 훔쳐 쓰고 있다는 생각도 들었다.

"이제 일어나야겠다. 샤워하고 가려면."

버스는 저녁 여덟시에 출발하지만, 터미널까지 운행하는 픽업버스를 타려면 늦어도 일곱시까지는 여행사 앞으로 가야 했다.

"곧 석양이 진다. 보고 가. 어차피 지금 가봐야 터미널에서 시간 때워야 하잖아. 툭툭 잡아서 터미널까지 바래다줄게."

늦은 점심

아르티스를 보자마자 울음을 터뜨린 아기

우리는 시덥잖은 농담을 주고 받으며 석양을 봤다. 너랑 좀더 일찍 만나서 같이 여행을 더 했다면 재밌었을걸. 그가 농담처럼 얘기했다. 그러게. 나도 너랑 있는 게 좋았는데. 나도 농담처럼 얘기했다. 붉어진 석양 위로 축축한 보랏빛 어둠이 꽤 많이 번져갈 때까지 우리는 왠지 모를 아쉬움을 느끼며 해변에서 맥주를 마셨다. 툭툭이 터미널까지 미친듯이 빠르게 달려줄 거라는 믿음을 갖고서. 저녁 일곱시 반, 더이상 늑장을 부릴 수 없어 호스텔로 달려가 10분간의 번개 같은 샤워를 하고 나오니 그는 샌드위치 하나를 시켜놓고 호스텔 로비 앞 식당에 앉아 있었다. 버스 출발까지는 15분이 남은 상태였다.

다행히 석양을 보고 샤워도 하고 샌드위치까지 먹은 나를 신은 벌하지 않았다. 막 시동을 켠 버스 앞에서 그는 갑자기 지갑을 뒤지더니 20달러 몇 장을 내 손에 쥐어준다.

"에이, 괜찮아. 어차피 호치민에 도착하면 바로 비행기 탈 텐데, 뭘. 그리고 나 베트남 돈도 조금 있어."

"무슨 일이 생길 수도 있잖아. 그냥 받아. 불안해서 그래."

"그래도 이건 너무 많아. 그럼 1달러짜리를 줘."

버스 직원은 어서 타라는 손짓을 한다. 그는 정신없이 1달러 지폐를 솎아내더니 6달러를 쥐어준다. 이제 정말 작별 인사를 해야 하는구나. 잘 지내. 한국에 잘 가. 너도 여행 잘 해. 정말 고마워. 그리고 말했다.

"넌 내가 봐왔던 슈가대디 중에 최고야."

그가 웃음을 터뜨렸고, 나도 따라 웃었다.

여행이 끝나간다.

NAP

EPILOGUE

이봐, 여행 잘 다녀와.
여행은 어차피 세상에서 괄호에 묶일 만한 것이니
여행을 마치고 돌아와도
누구 하나 네 여행을 알지 못할 거다.
여행길에 오르면 너무 웃지 말고 네 맘껏 쓸쓸히 다녀라.
돈 떨어지면 계좌번호 적어 이메일 보내고.

– 유성용, 『다방기행문』

언제 어디에서 그의 나사가 빠져버렸는지 모르겠다. 보다 좋고 높은 곳으로 질주할 수 있도록 삶의 전차를 튼튼하게 조여주는 나사는 아무래도 2년간의 여행에는 거추장스러웠나보다. 아무튼 나사 빠진 사람 특유의 순도 100퍼센트의 해피함으로 호스텔을 두둥실 떠다니던 호주 청년은 그의 여행 마지막 종착지인 씨엠립에서 길을 잃어버린 듯했다. 집으로 돌아가면 지난 2년간 수없이 많은 일을 겪으면서 떠나오기 전과 너무나 달라져버린 자신에 대해 어디서부터 어떻게 설명해야 할까, 묻는 그에게 그냥 설명하지 말라고 했다. 슬픈 얘기이지만 여행에서 너가 아무리 굉장한 경험을 했다 하더라도 그리고 그 경험이 너의 어떤 부분을 변화시켰다 하더라도 사는 곳으로 돌아가면 별 쓸모없는 것을. 그의 얼굴을 차지하고 있던 해피함이 사라지니 그는 완전히 다른 사람 같아 보였다. 그냥 보통의 쓸쓸한 사람.

"That sucks."

그가 슬쩍 웃으며 말했고, 나도 그냥 따라 웃었다. 씨엠립의 더운 대기에 미지근하게 데워진 맥주가 이 대화와 꽤 어울린다고 생각했다.

그럼에도 불구하고 나는, 사람들은, 여행을 간다. 여행에서 돌아오면 아무것도 변해 있지 않고, 심지어 멈춰 있던 시간을 만회하기 위해 삶의 전차를 풀가동시켜야 하겠지만. 틈만 나면 싼 비행기 티켓을 알아보고, 여행에 최적화된 가볍고 기능적인 아웃도어 용품을 구경한다. 그런 일이 즐겁다. 이왕 지구에 태어났으니 지구에 있는 나라는 다 가봐야 하지 않겠나, 하는 거창한 이유는 아니다. 왜 여행을 떠나는가에 대한 멋진 답변은 도무지 못 찾겠다. 그냥 낯선 곳을 가는 것이 그리고 그 낯선 곳에서 내가 낯설어지는 기분이 꽤 오랫동안 지겨워지지 않을 것 같다. 그래서 여행을 했고, 계속 여행을 할 것이다.

뭐라도 적어보려 한 시간째 앉아 있지만
고마움을 담기에는 언어가 부족하네요.

JP, Phana, Roland, Danis, Will, Artis,
신서영, 이선규, 남소연, 박예나, 구혜미,
윤웅희, 젠틀맨, 좀비, 김동환, 한승우, 김방주,
북노마드,

고맙습니다.

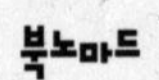